# 向死而生的美好存在。

## 發刊辭：向死而生的美好存在

◎陳正菁／jc

關於一本非必要存在的雜誌／書的誕生，是何等的現實情狀讓此事件得以成立的呢？市面上不乏各類樣貌的出版品，眼花撩亂的雜誌、小誌、地方誌，讀者期待從定時出版的刊物上獲取前瞻的、尚屬陌生的新知，蒐集即時有效的閒談資訊和時代訊息，但我顯然並不試圖朝這個方向努力。首先，不一定能夠依約定時，內容資訊亦不一定即時有效。

從二〇二一回望二〇二〇，首期執行的主題已然成為「往事」。過去一年的「年度選書」，對於下一年度、下一個月，還有任何意義嗎？讀者是否還有興趣閱讀已然陳舊的書籍知識，從一本慢速退潮的雜誌，困惑著落伍與流行的價值？以及，作為一本雜誌，我們的出版意志究竟是什麼？

創刊號選擇牯嶺街小劇場作為局部的專題。部分原因是正逢文化歷史建物的整修與重啟，部分原因則是劇場在台灣始終處於邊陲；我試圖讓小眾裡的小眾偷偷躍上舞台，在某個重要時刻扮演主角。甚而，伴隨著劇場而生的劇場攝影，更是邊陲的邊陲，以至於我們經常性地遺忘有一群人堅守著紀錄者的位置，跟隨著每一齣劇，拍攝台前、台後，上戲、下戲。

攝影亦是這本雜誌的某個重要局部。除了知名攝影者之外，我們也會涵括地下攝影、生手攝影的圖像創作，發掘尚未成熟卻可能極具潛力的攝影作者和影像形式。

文字是篤定重要的。包含評論文字、讀書筆記、散文、隨筆、難以歸類的跨域書寫。這裡有很強的包容性，並非只邀約「作家」作品。寫作是平等的，文類亦然。我們接受各類型投稿，打破各式稿源的邊界。

因此我想，《春秋》是一本趨近「雜種」的文化雜誌。除了書業、出版相關，我們還會碰觸藝術、電影、攝影、音樂、戲劇、文化思潮等多重面向。如果可以，希望多一點實驗性、多一點未成熟。如果可以，希望多一點草莽、多一點殊異性。如果可以，請容許我們多一點老派、多一點自以為是。

畢竟，我已站在中年。請容許中年人做一本不怕過時的雜誌／書。不要一直追趕潮流；不要總是害怕被未來超越；不要因為短暫易逝，就自動放棄生存的意欲。即使我們都知道，從開始就是向死而生的存在。卻是如此美好的存在。

## 在失敗的年代
## 依然相愛的我們。

# 在失敗的年代 依然相愛的我們

**論述，以及創作。**



**二〇二〇年他們讀什麼。**



**浮光、春秋，年度選書。**



# 依然相愛的我們
## 在失敗的年代

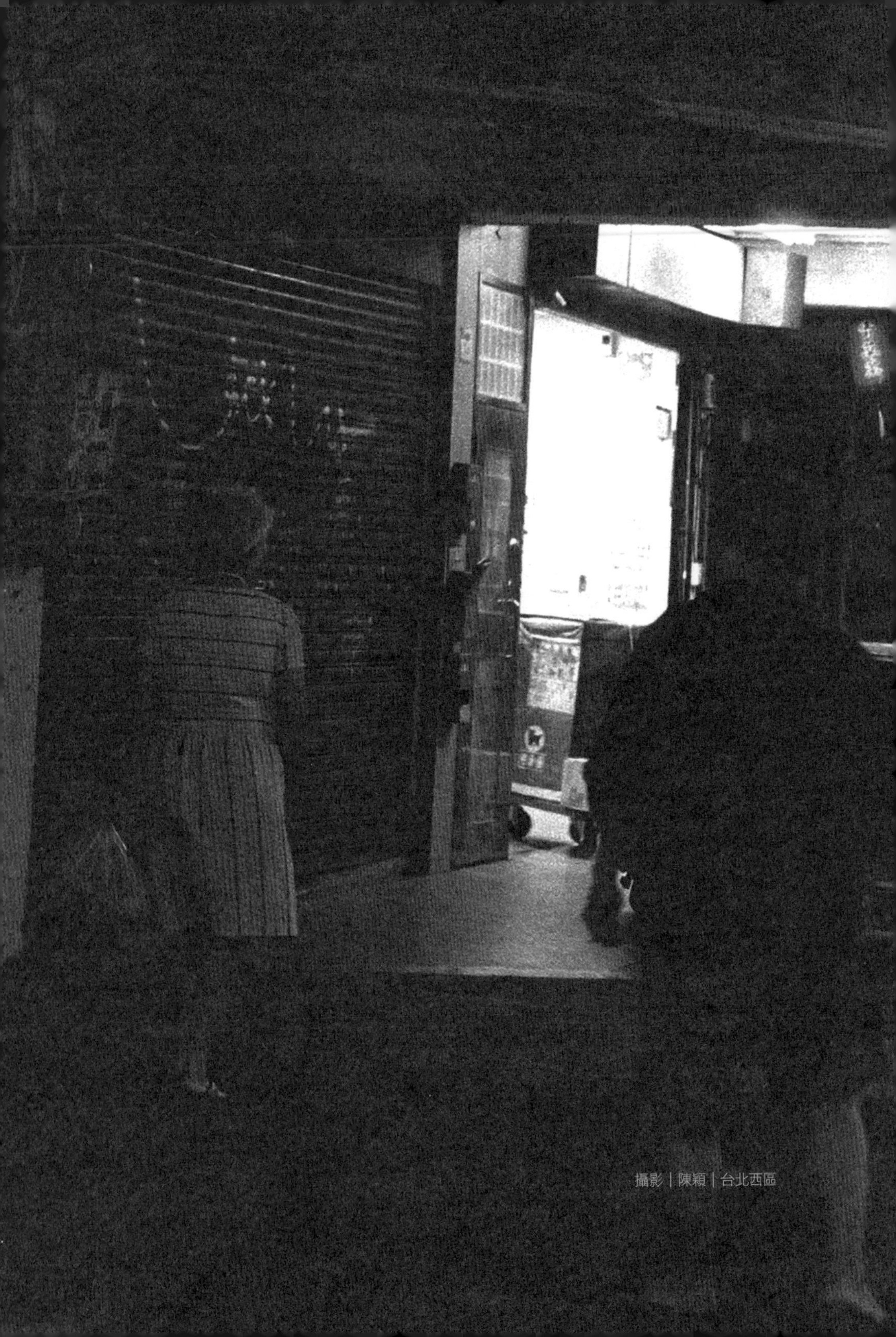

攝影｜陳穎｜台北西區

# 1 文化現場：藝術的人。

# 破壞與重建同時發生

## ——記牯嶺街小劇場

◎陳怡君

走出捷運中正紀念堂站的出口，左轉南海路，一路直行，直到再次左轉拐進牯嶺街。不遠處便能看見建築大門斜立在眼前，門上的紅燈依舊。這是許多人前往牯嶺街小劇場必經的路線。

二〇一八年牯嶺街小劇場封館整修後，經過兩年半的時間，再次走過這條路，同樣的路徑，過往裝台工作時經常買的便當店，招牌還在；然而每每看戲前吃的小吃店卻已經不在了。又或者看著店面感到遲疑，記憶中有這樣的場景嗎？一切竟讓人感到陌生又熟悉。

2020 年牯嶺街小劇場重新啟用，打開再打開。
攝影｜譚豫。

這樣的感覺，也是現任館長姚立群面對此刻牯嶺街小劇場的感受。採訪的前一天，小劇場正上演它試營運以來的第一部作品。坐在裡頭觀賞，作品依然精彩，演後的交流依舊熱絡，但空間不一樣了，人的感覺也不同了。姚立群說，這是個好的開始，卻讓人感到有些陌生。然而有件事情是肯定的：牯嶺街小劇場是以「文化資產」的身份，進行這次的整修。

## 文化資產認定，給予場館營運肯定

一九０五年，彼時的牯嶺街小劇場還不是劇場，而是日本官舍，戰後則成了警察局。九０年代，牯嶺街小劇場成為全台灣第一個閒置空間進到藝文的替代空間，建築本身也被認定為「紀念性建築物」。歷經如果兒童劇團的經營，而後由身體氣象館接手。到了二０一四年，牯嶺街小劇場主要因其證明了從警局到劇場的轉變，被認定為「歷史建築」。自擔任牯嶺街小劇場館長以來十幾年的時間，這是對姚立群與團隊莫大的肯定。

作為藝文展演場館，往年牯嶺街小劇場一年有七成的時間租借給外部單位做展演，二成的時間保留給自製節目，剩下的一成給場地的年度保養。畢竟老房子，修修補補難以避免。這樣整棟三層樓或是作為演出空間、排練場，或是舉辦講座、工作坊，專注以經營劇場為主的方式，是到了二００八年以後才確立的。

回想剛進入牯嶺街小劇場，姚立群形容是座「廢墟」。當時在不確定空間能夠如何運用的情況下，以「複合式」的營運為方向：小劇場二樓也曾經作為咖啡廳。原先設想多元經營，也能提供演出後觀眾交流，然而觀眾主要還是來此參加活動，少做餐飲消費，而其他時段在劇場沒有活動的情況下，難以吸引到人潮。加上咖啡廳之於牯嶺街小劇場，並沒有非如此不可的意涵，最後二樓的空間便回歸作為劇場或舉辦藝文活動使用。

雖然咖啡廳的規劃以失敗告終，團隊在發展劇場空間上仍做了諸多努力。二〇〇五年，「小劇場營運實行委員會」成立，當時由七個劇場人同時進行製作與策展，將整個場地的檔期填滿。「用這樣的方式去證明這裡面能做的所有事情，然後再快速吸引外面的人知道怎麼用這裡，讓它整個名號變大。」姚立群說，二〇〇六年後場地的使用率確實提高了。當一個場館或空間初始，即便大家想接近也可能不知道從何開始，細心規劃、直接使用或許不失為一種溝通方式。

## 打開青年交流的可能性

一直以來，牯嶺街小劇場保有推出自製節目的慣例，例如「第六種官能表演藝術祭」透過講座、演出等方式，探索身障者藝術；「新潮實驗室」則屬實驗性較高的跨界藝術展演。然而多數還是以邀請藝術家各自創作，自行尋找工作團隊為主。近年的「為你朗讀」則進一步促成更多創作者間的交流。最初姚立群觀察到小劇場周遭的空間，有不少學生發表讀劇。發現這樣的需求後，姚立群和團隊便著手籌備「為你朗讀」，從一開始公開徵選劇本，到後來媒合劇作家與導演、工作團隊，從北京到新加坡的幅度內，都有作品在此進行發表。

姚立群觀察，二〇〇五年前後是個遍地劇團的時代，不論是否剛從學校畢業，多數創作者選擇投入劇團，爭取資源。其中失敗的例子也不少。「沒辦法持之以恆，找不到核心，找不到在這個劇團做下去的動能。」他強調，核心很小，可能永遠也發現不了，然而一旦掌握，就可以走很久。

「組團只是爭取一些資源到團的裡面，最後還是會形成一種私有化的狀態。團內是大家分享，但是外面其實往往對他們成為一個『他者』。」姚立群說，場館或是劇場本身的公共性便在此，作為平台能夠引導，讓不同創作者交流，「做出一些比較有重量的東西。」

場租不高、空間大小適中，加上設備大致完善，牯嶺街小劇場儼然已經成為許多人出社會的第一關，跳板或試金石。姚立群笑說，這次小劇場整修，有三屆劇場相關科系的畢業生沒辦法使用這個空間。然而十幾年下來，有這麼多藝術家、創作者從小劇場出發，在這裡成長，創造彼此交流的經驗。

## 停下來，重新檢視以後，打開再打開

二〇二〇下半年，牯嶺街小劇場準備整裝重新出發，推出了「打開再打開」的募資計劃。第一層打開，是迎接觀眾、劇場工作者，而再打開，是要將平常民眾接觸不到的小劇場面貌再揭示。團隊邀請過去曾於小劇場工作的創作者、技術人員，甚至資深觀眾，將他們的記憶隨著物件放入空間中。透過APP導覽，民眾得以聽見一個個故事，來到現場尋寶。或許是在觀眾席間，或是排練場的某個角落。對姚立群來說，「你可以跟藝術家互動，從聽覺到物件。我覺得這是個藝術參與的表現方式。」

說起來，不論是「為你朗讀」在不同創作者之間創造交流的空間，或是發行《小劇場文化報》，讓不同的評論人在上頭留下觀點，記錄每年在小劇場搬演的作品，一直到「打開再打開」串聯起場地、觀眾、創作者，牯嶺街小劇場不斷地打破邊界，建立對話。「這麼久營運牯嶺街以來，我覺得都是很現實地在扣合這個場地如何被運用跟被欣賞。」

「拉長來看，像『為你朗讀』，或其他的活動，都是階段性出現的發生。」姚立群說，如果沒有停下來的這兩年多時間，有些事情不會完整地去回想。「我們只會在一個流程裡面，一段一段的走下去。」這次因整修而停下來，不僅是讓建築硬體更加完善，還有空間的核心再次的整頓與確立。「像這種工作的基地，應該要更重視脈絡這件事。比方說我二十年做了什麼事情，這裡面我必須不斷去反省以後，去蕪存菁。」姚立群提到，去蕪存菁的基本，是在這之前要做很多資料的典藏和爬梳。從裡面找到經驗及教訓，才能往下走。

兩年後，牯嶺街小劇場以新的姿態迎接人們。循著記憶中的路途前往，會發現在捷運站的出口外，又有新的工地出現。也許，城市的地景將不斷地破壞與重生。如果生命終有盡頭，那麼在一切盡頭到來以前，我們將繼續前進。

牯嶺街小劇場整修封館前大合照。2017. 12. 30。
攝影｜許斌。

# 在盡頭到來之前，生生不息

## ——專訪姚立群

◎陳怡君

二〇一八年，牯嶺街小劇場封館整修，這也是擔任牯嶺街小劇場館長逾十年來，姚立群第一次和這個身份不那麼密切的時候。他說，一開始真的會覺得好像突然沒事做，但這時間並沒有持續很久。當其他人知道他暫時不用當館長後，開始有各種邀約找上門。

其中之一便是到台南新營與銀髮高齡者一同創作《新營，快到了》。他們是一群在地人，身體已不年輕，在表演上也非訓練有素的人。然而他們擁有豐富的人生經驗，這其中能否轉化成舞台作品，對姚立群來說是個考驗。除此之外，在更密切的合作以後，姚立群意識到這群高齡演員的不同。他形容，當他告訴一般演員往東時，往往對方會先提問「為

牯嶺街小劇場館長：姚立群。攝影｜譚豫。

什麼」，不會在一開始不帶著任何遲疑去執行。但這些高齡演員不一樣。「他們會先相信你。」當然在他們執行以後，姚立群還是會將來龍去脈和意義解釋清楚，幫助他們將表演內化。

原先創作題旨定為「新營」，但在姚立群和演員們工作的過程中，他發現大家沒辦法很具體的形塑新營。什麼是新營的意象？糖廠的煙囪倒下了，或是某個地標的消失，不論如何都說不清楚。「我後來也感覺到，所有地標都要有文化藝術的附著，這才會真的天長地久。」最後取自姚立群搭著火車南下，接近新營時，會出現「新營快到了」的聲音，也代表他們不斷挖掘的創作態度。

## 與身障者互動，建立美學觀點

除了高齡演員，姚立群更多的是與身障者合作的經驗。二〇一七年，《關於生之重力的間奏式》入圍第十五屆台新藝術獎決選，那便是將關注放在身障者，探索身體動能的作品。從二〇〇六年開始，姚立群陸續與不同類型的身障者工作，也歷經了從與一群視障者作為他的演員，到只有一位盲人演員工作的過程。他如此形容：「我第一次發現，一個盲人就可代表所有盲人的問題了。可是我（過去）卻從來沒有在這樣子看問題。」一群盲人的時候，他忙著做組織化的工作、管秩序，然後調度他們往東往西，只注重他們本來就有的表現，卻沒有去開發他們真正的潛力。然而當面對一個盲人時，一切事物都被放大了。盲人所遭遇的問題，也是他要解決的問題。

對姚立群而言，他的美學觀點與論述來自於與身障者合作的過程，就如同有些人是從舞蹈或音樂等藝術介面去理解美。盲人沒有視覺的依賴，因此在排練時，不僅更需要費心建立信賴關係，還要不斷透過其他方式支持他，讓他進入到表演的狀態裡。長期工作下來之後，在觀看其他舞蹈演出時，姚立群有時會突然發現，舞台上聲音與舞蹈處於分離的狀態，失控的不和諧，兩者之間各說各話。這是他在與盲人工作後才有的感知。

與身障者合作的過程，讓姚立群一次又一次積累美學的認知。但接觸到身障者的創作而深受啟發，是在更早之前的事。二〇〇三年，當時姚立群參與一齣視障者的獨角戲，他擔任音控，在位於觀眾後面的控制台，看著舞台、觀眾、演員，所有一切的發生。他看見，一個盲人就將所有人牽動在一起。「因為他必須聽我的聲音，燈光必須看他的動作，反之亦然，就這樣環環相扣。一個盲人就夠了。這樣子的集中、交集，就是劇場最重要的一件事。」姚立群說，現在進到劇場裡，有太多數位、系統的輔助，工作人員透過手機對話溝通，時間到了燈光、聲音自動轉換，好像根本不需要關切到舞台上真正發生的事情。

## 作為人的存在與認知

因為我們在場，某種程度上劇場裡發生的事才算是真的存在。在第十五屆台新藝術獎的訪問裡，姚立群提到，身障者演員可能不是這個社會的主旋律，他們在生活裡面所要處理的，關於一個人的存在的完整，就好像樂章裡頭的間奏。這是他對於「存在」的思索。那麼，作為「姚立群」的存在，一部分的自我仍是在牯嶺街小劇場實現：

「劇場它給我了可能性，就算它時間有限，也許這房子後來老到不能用了，必須拆掉也說不定。都是有個盡頭的，但是在盡頭之前的時間裡面，其實它有些東西是可以生生不息的。也許就帶出去了也沒關係，就像種子一樣擴散。我覺得這才是文化很重要的事情。」

不論是營運場館、策展或導演，姚立群自始至終都是個創作者。在導演過程裡，他尋找信任與真實；在牯嶺街小劇場裡，他想實踐的是，當藝術與表演門檻很低的時候，一群人如何交錯相會，如何一直工作下去。對他而言，這是永遠探索不完的課題，也是文化實現的原點。

陳怡君。
文字工作者。現專職為聲音節目製作人。

牯嶺街小劇場館長 | 姚立群。
攝影 | 譚穆。

視障者劇場《雨 2》排練現場｜牯嶺街小劇場，2012。
攝影｜陳藝堂。

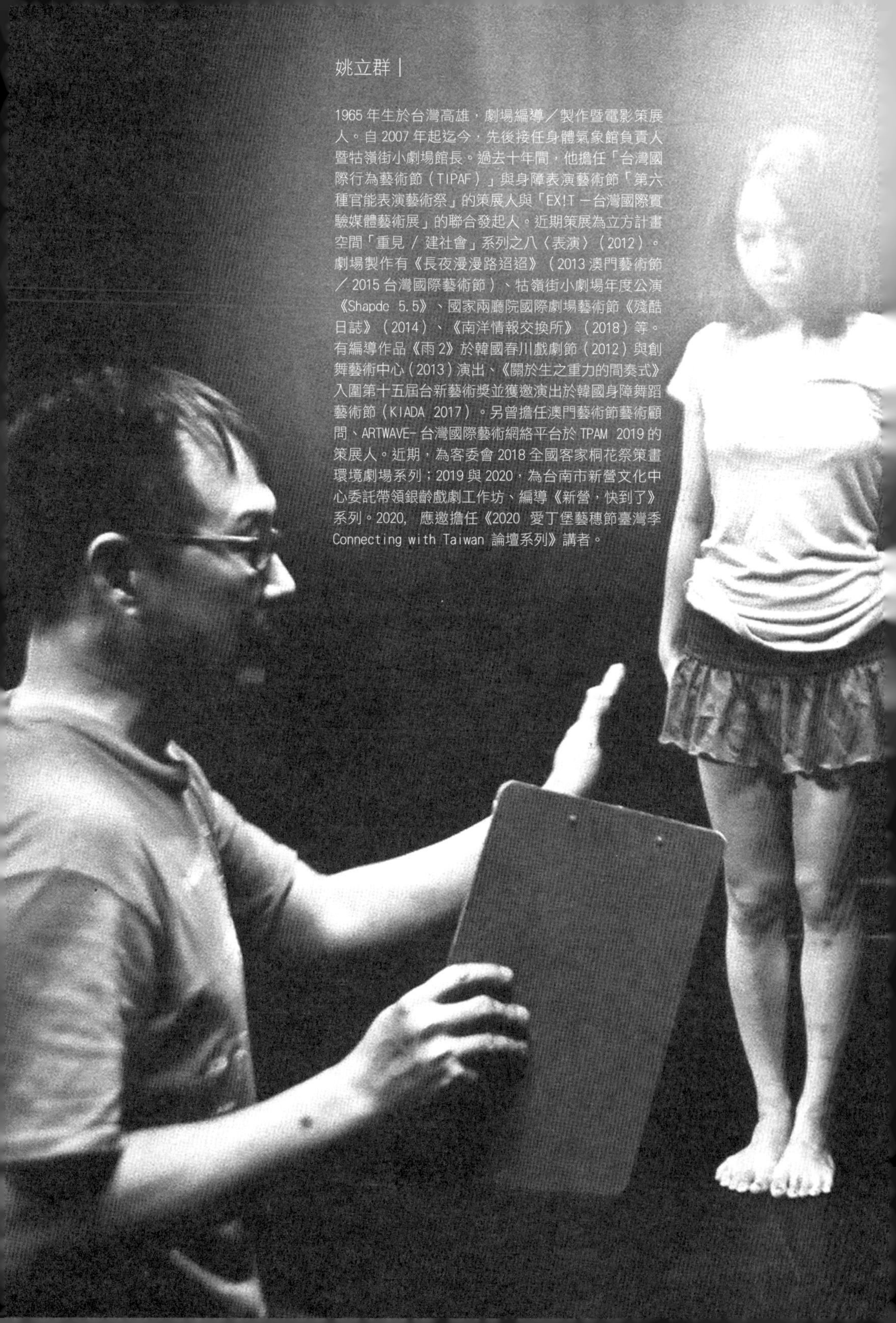

姚立群｜

1965 年生於台灣高雄，劇場編導／製作暨電影策展人。自 2007 年起迄今，先後接任身體氣象館負責人暨牯嶺街小劇場館長。過去十年間，他擔任「台灣國際行為藝術節（TIPAF）」與身障表演藝術節「第六種官能表演藝術祭」的策展人與「EX!T－台灣國際實驗媒體藝術展」的聯合發起人。近期策展為立方計畫空間「重見／建社會」系列之八〈表演〉（2012）。劇場製作有《長夜漫漫路迢迢》（2013 澳門藝術節／2015 台灣國際藝術節）、牯嶺街小劇場年度公演《Shapde 5.5》、國家兩廳院國際劇場藝術節《殘酷日誌》（2014）、《南洋情報交換所》（2018）等。有編導作品《雨 2》於韓國春川戲劇節（2012）與創舞藝術中心（2013）演出、《關於生之重力的間奏式》入圍第十五屆台新藝術獎並獲邀演出於韓國身障舞蹈藝術節（KIADA 2017）。另曾擔任澳門藝術節藝術顧問、ARTWAVE- 台灣國際藝術網絡平台於 TPAM 2019 的策展人。近期，為客委會 2018 全國客家桐花祭策畫環境劇場系列；2019 與 2020，為台南市新營文化中心委託帶領銀齡戲劇工作坊、編導《新營，快到了》系列。2020, 應邀擔任《2020 愛丁堡藝穗節臺灣季 Connecting with Taiwan 論壇系列》講者。

混合身障劇場《關於生之重力的間奏式》排練現場。牯嶺街小劇場，
2017。攝影｜許斌。

# （今晚，還有誰）去大馬士革

◎姚立群

二〇一八年一月一日，牯嶺街小劇場為了今天已知的千日整修，暫時休館，邁入了自一九九七年以來，最漫長的、沒有劇場人進出的時間黑洞！為了做足這場別離的紀念，繼劇場大門口的百人大合照，也在年均千人工作者的劇場人馬中，動員了台前幕後近二十人，趕在停業前的三天演出《（今晚，還有誰）去大馬士革》——我編寫了十個並不相連的短編段落，由九名演員與一組樂隊演繹，成為合於牯嶺街小劇場招牌晚會「驅魔記」標準的，演練離別的節目。（作者按）

人物

角色1　前輩　高琇慧飾

角色2　女神　韓謹竹飾

角色3　正義饕餮　黃志勇飾

角色4　永夜富豪　李新寶飾（高德宇＋盧崇瑋旁白錄音）

角色5　男神　黃大旺飾

角色6　女裝的小藍　陳有銳飾

角色7　跨國同婚離異者　王奕傑飾

角色8　明日黃花　彭珮瑄飾

（今晚，還有誰）去大馬士革

（今晚，還有誰）去大馬士革

大樂團　民權歌劇團
角色9　男裝的小藍　鄭尹真飾

場景

大馬士革門［內］——這是從耶路撒冷通往大馬士革的起點，所有的角色都將從這裡出去／出發，他們像是透過某種型態的招募而來到此一「起點」，準備前往他們共同的終點，位於敍利亞，那個屬於歐洲的、經典的傳統市場（其實是從一個市場到另一個市場）——大馬士革。首先，所有的角色來到這裡，自報家門，然後，不管是何原因，他們（一定）要揮別一切，邁上前程未知而充滿挑戰的道路。在本劇，他們將以回憶、怨咒、謠言、瘋言瘋語，或者，具有代表性的歌曲，傳達出各自不同的離情。

**角色1　前輩（巴士站長／旅行社代表／龐德女郎）**

前輩登場前，響起一種渾沌的音樂，手上拿著一本／疊［乘客：演員］資料（課堂點名簿／生死簿）。她是個永遠都準備不周而信口開河的人。她的衣著是一種展現俐落但讓人看了很倒胃口的過時套裝，別著閃亮的胸針。背著一只名牌包（讓人輕易以為是A貨）。（另外，她也可能讓人聯想到是一位有「內心世界」的女軍官／海關軍警。）

舞台上，原已裝置了民權歌劇團的部分樂器（已接線），皆以「雨備」覆蓋，分置周邊。

我為什麼在這裡？我不像其他那些人。他們這一些人是非走不可的，但我不屬於，就像印度電

# （今晚，還有誰）去大馬士革

（今晚，還有誰）去大馬士革

影策展人阿希什．拉賈德雅克薩說的，你不屬於，You Don't Belong，我說，我自己說，I Don't Belong!! 懂嗎？（覺得眼前一片好可笑［也可以是自嘲自己說的鬼話］）你們沒那個程度也來不及了。總之我再說一次，我不屬於！你們都要走了，不要再東張西望了。這裡是聖地，是淨土，是什）麼意思呢——就是這裡沒什麼好撈的。我管不了那麼多了。來點個名…好像很多人沒了，就只有這些人嗎？（翻看手上的［演員］資料）第一個這是什麼名字啊，謹竹，謹慎的竹子嗎（？），竹子謹慎是要幹嘛（？），黃志勇，哈，So basic；襪，這位仁兄知道他什麼時候會變老嗎（？），新——寶——老了就不值錢了啦；陳有銳，取這什麼名字啊（？），是藏了一根扁鑽還是螺賴把的意思嗎（？）（比畫下檔）；奕傑，誰家的兒子，清潔劑也有叫做「易潔」的怎麼辦；民權歌劇團，媽呀，OPERA（！），怎麼可能（？），不對啦，這一大團怎麼坐得下（！），刪掉刪掉（其實是撕掉，朝四個方位拋灑）；這個，鄭尹真，哼，真的完全看不出是什麼意思了，阿你哈Se優；黃大旺，旺旺（突然學狗大吠），啊為的不就是錢嗎，叫鳳梨也可以吧；彭珮瑄，礙，算筆畫的——好囉…（觀眾席有人大叫「你叫什麼名字」）幹嘛？我告訴你喔我不同——（正眼對著觀眾）KELLY, KELLY GO。對的，羅馬拼音！！憑什麼？憑我是你們的（髒話到嘴幾乎脫口）…前輩！我們要去一個新天地，懂嗎？新天地！平時沒Follow沒準備的現在也來不及參加了。第兩百梯次等你們囉…嫩！（嗆聲）…（說到不知要說什麼好的樣子）等一下要集合再來。

前輩離場（其實就是擠到觀眾席某處，鬼混［看戲］）。

**角色2　女神（啃老族）**

女神從一開場就一直在舞台上，全身用場上現成的（易形成保護色）布幔或自備的大布掩護，等到前輩離場，才鬼祟掀下布幔。然後可以看到她一身韓式阿珠嬤戶外運動造型——全身包縛，含膠片遮陽帽、太陽眼鏡、袖套、手套等（順便做起運動，看來像是在逃亡還是躲藏一般）。她的

# （今晚，還有誰）去大馬士革

行李是一只很具特色的環保購布袋。

（打開安置在帽沿內側的小 LED 燈照臉）剛剛我還想去找我一個高中同學。她已經嫁人了。我找她是因為如果我媽手機拿起來 Call 我，然後發現手機我放在家裡，她頭一個就會打電話給我那同學。我同學接到了，就會告訴她我正在她家聊天，聊得很起勁，聊起我媽做的菜。但其實她只有吃過一次！就是有一年過年，我同學不知發什麼神經，年夜飯是在我家吃的。我們這種母女兩人的家庭有什麼年夜飯可吃的！她是說她家裡來了很多親戚，會有十幾二十個人進進出出，非常熱鬧，不會有人發現她不在家，就算發現，也沒什麼關係。我也不是感謝她那天來我家，但是那種許多年來只有我跟我媽吃年夜飯的狀態，在那一次被打破了，我真的覺得很開心。那一年，不知道是因為她來，還是因為那時候我媽眼睛還看得清楚，其實桌上有好幾道菜。我同學嘴巴很甜，很聰明，她說的每一件事情，我媽都聽得很有興趣（差點進入沉思）⋯其實我都沒在聽，只是殺時間吧。殺到我媽自己睏了，她去睡了，（好像說出每天的心願似地）啊，快去睡吧，快去，快去⋯但是這樣之後又過了多少年呢！我大學畢業到現在一天班也沒上過。我的工作就是陪她。我在家也沒在做什麼事，衣服是我媽洗的，飯也是我媽煮的。我有手機，但我沒什麼朋友，電話號碼是給我媽撥進來用的，我也沒辦法上網。我能合理地出門，只有偶爾被叫去買雞蛋買鮮奶。那家雜貨店的老闆娘每次看到我，明明想跟我講話，但是這幾年，她乾脆裝不認識我，每次都是說了價錢，我付了錢，然後兩個人對望不到一秒，就這樣⋯好奇怪喔，我還記得小學六年級畢業那天她說我好漂亮以後可以去選美，她都忘了⋯現在還有在辦選美嗎？我每次出門東西買一買就回家。對，直接回家。這是一種決定，但我忘了是什麼時候下的決定。可能是高中有天搭公車的時候吧。那天遇到一個小學同學，男的，我以前算暗戀他吧。他長高了又更帥。我們兩人在車上講話講到面對面高興地笑，但是我不知哪根筋不對勁，竟然去掐他的鼻子。他啊的大叫一聲，因為很大聲，司機以為發生什麼事還把公車停下來！他跑到前門，車門沒開，不能下車⋯我在幹嘛！我好想馬上回到家喔⋯我剛是走路來的，一直走⋯現在幾點了，老太太應該睡了⋯她應該睡了（關掉 LED 燈）⋯（為了自己芳華虛度，很悲傷掩臉哭泣［哭牆畫面］）

女神黯然回到掩蔽的位置，再次將布幔覆蓋身上，像一尊裝置，等到女裝的小藍將永夜富豪帶走後，悄悄離場（但到時候，可能撞上男神［前高中小鮮肉］？！）

## 角色3　正義饕餮（家庭主夫／食草者）

正義饕餮應著連續惱人的鬧鐘／警報聲出場，一副好像是剛從床上跳下來就出門的邋遢模樣，身上披著一條純紅色的大毛巾／圍巾出場。如嬰兒般哭鬧是正義饕餮全程的形象，講話國語跟粵語交錯，有時候根本不知他在講什麼，眼睛常常瞪得大大的，反正只有一個從頭鬧到尾的形象。

餓死了餓死了⋯！我吃不飽。我說我，吃，不，飽。我是靠正義維生的，我吃正義。就像嬰兒喝母奶老鼠吃毒藥你吃麵吃飯吃蚵仔麵線肉丸碗粿⋯。我必須吃正義，不吃正義，我就覺得饑餓餓⋯死了啦！我不知道會這麼餓啦⋯我不想承認被騙了，選舉是你一票我一票的事情，我的一票是投給一位承諾要讓我飽食正義的領導人，結果，我餓死了啦（更加哭鬧）。親愛的領導人（靠近女神），我有讓你不孤獨喔，那你不能把我餓死！我好餓喔，我要吃正義啦⋯「正義，正義，正義，正義，正義，正義⋯」（蘇菲旋轉三十次？）去你的話語權，吃豆腐，耍嘴皮子，泡疹！！（拿下紅色大毛巾，張開［但這條毛巾上沒有任何字］）哼，你們別以為我會說沒有人是局外人這句話，我不會說沒有人是局外人這句話！我要說的是，沒有人是江萬仁。哼哼哼哈哈哈，沒有人是江萬仁，哼哼哈哈⋯懂嗎你們？江萬仁救千萬人，救命啊，好餓⋯（陡然昏倒［如同被一槍斃命］）

有一 Crew 員跑來，當他是一具屍體，從頭到腳在他身上蓋上一條軍綠毯子，然後放上一把軍綠色的雨傘。他意識到好像有人來了［一位民權團員帶永夜富豪前來］，迅速神祕地離開。

正義饕餮就在舞台上躺到永夜富豪卡帶換面（聽到聲響）而醒來，才離去（屆時逗弄一下看不見的富豪）。

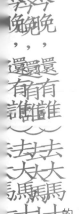

（今晚，還有誰）去大馬士革

## 角色4　永夜富豪（炒房大戶）

穿著體面的永夜富豪被歌劇團一名團員帶著出場——團員帶上一把椅子，現在先給富豪坐，但也順便預先為歌劇團 Set 一張椅子。他斜揹著一只小公事包。

富豪提著一台可以自動換面的卡帶錄音機。富豪坐定後，跟團員說「謝謝」，並拿出一個皮夾，拿出一疊鈔票［全都是假鈔，含台幣、美金、日圓、人民幣］讓團員選，團員嚇了一跳，然後拿了一張。富豪坐定位後按下 PLAY 鍵。

那位團員，就在一旁看他按成功了才離場［歌劇團的團員們從這時陸續進／出陳設樂器跟座椅等，有時好像是沒什麼事也站在門邊看看］。

（A面－女聲）

（語氣平緩，咬字清晰，不至於做作，遇關鍵字有一種特別強調的專業口吻）各位親愛的朋友，讓我向您介紹一位特別的人——他是永夜富豪，永遠身處在黑夜裡的有錢人。（突然改以高昂的聲線）「我夜夜無眠守護著我的錢，我的房產地契，恨不得把它統統吃下去」——（回復平和聲調）這，應該就是他最為真實的心聲。他有錢，有錢到什麼昂貴有名的料理，他都吃得起，可以說，已經吃到沒什麼特別需要吃的了。為什麼要談吃的呢？其實是因為富豪的生活因為吃，惹來太多困擾，太多挫敗，以至於現在的他，對於吃近乎排斥，尤其是不想再去那些昂貴的餐廳了。如果說，金錢是能拿來吃的，那他會乾脆把錢吞下去，至於接著排泄出來的，可能就是他那深沉無比的孤獨吧。金錢與孤獨，兩種介質不同的東西，為什麼能夠這麼息息相關呢？富豪心想，統統不要了總可以吧？！有錢的確想吃什麼就能吃什麼，但是為什麼有錢買不到美好的吃飯氣氛呢？富豪本來很單純的，常常請一群人吃飯。吃得開開心心的，為什麼搞到現在只剩下他自己一個人大吃大喝呢？一個人的口腹之慾，經過多少次充分滿足之後，一定會變得毫無滋味嗎？還記得許多年前，他什麼都看不見的最初時期，在徹底的黑暗中，他將自己閉鎖了好幾天，幾天之後，他決定，至少要走出精神的黑暗深淵！大領悟啊！他興奮得忘了眼睛已經看不見，匆忙站起來要去換

# 去大馬士革

衣服出門，結果踩到一只拖鞋，沒站穩，整個人直接往一個牆角撞上去，額頭撞出血來，那種痛，在幾十年後，記憶猶新。肉體的傷痕，的確是有痊癒的一天，黑暗，習慣了也就無所謂了。有錢，當然可以找人做事，彌補很多缺憾。只不過，回到吃飯這個領域來說，永夜富豪恐怕一直沒法想通的一件事就是，很多人，應該說很多女孩子，都被他嚇到了。她們被他的真心話嚇到了。應該說，她們被他的真心話激怒了！因為富豪每一次請人吃飯，好像都是在明說暗示女孩子們：「啊，跟我在一起吧？！」（富豪微笑）

（卡帶自動換面）正義饕餮被卡帶換面聲驚醒［殭屍復活般？］，嗅嗅毯子，然後就披著，連同雨傘拿著要走，臨走前發現怪物般，逗弄了富豪——撐傘合照狀。

（B面－男聲）

（依然語氣平緩，咬字清晰，不至於做作，遇關鍵字有一種特別強調的專業口吻）人世間啊！很多人好像以為富豪的問題就是看不見而已，其他地方也沒什不同，所以也就只限於在富豪看不見這個介面上與他互動——真的只有看不見這個介面，沒有別的介面了。那些女孩子都是從哪來的呢？在永夜富豪的世界裡，很難說明白。打個比喻吧，就跟雨天沒帶傘，走在街上就會淋到雨一樣——從天而降！哼哼，可能不好明白，抱歉。不過有件事說了大家可能不相信，那就是，女孩們根本不在乎他是一個富豪；她們完全沒想過他的錢，她們一味地就是幫他，只是幫他。當她們與富豪在融洽的氣氛下，為富豪做了一點事情，心裡唯一想的，就是在幫他的忙。好比，我帶你上車，我陪你去吃個飯，我幫你看看網路購物⋯但是女孩們真的不知道嗎？富豪是個男人，單身的中年男人，他沒說過他想要一個家的願望嗎？他雖然已經不知道自己現在的長相如何，但是他知道所謂的「身體會說話」。「啊，跟我在一起吧？！」女孩們聽了會憤怒，暴露了她們從根本的意識上就不想認定他是男性這一面，所以到了富豪要宣稱自己是男的的這時候，她們簡直是嚇壞了！她們心想，我對你那麼好，你怎麼可以對我說這樣的話？！其實有時候，女孩也不是無辜的——富豪約她們，她們就心想，要約吃飯是吧，她們就約了富豪也認識的姊妹淘一起來。個性質樸的富豪一直都想不到「電燈泡」這三個字，但是對於這種姊妹淘的戲碼演多了，他也是會有

# （今晚，還有誰

所警覺的。他非常明白在這種姊妹淘一起來的飯局，他也當不了王子了；他只是來付錢的。好的，錢要付，但王子地位不能放棄——永夜富豪好強的性格不容他一味忍耐。不吃了！他是永夜富豪，十幾年來在黑暗的世界摸索，早已經摸到邊界了，他需要新的冒險。他說，To all the girls I've loved before. 過幾年，他也許會帶著一頁詩篇回來吧。就這樣。（接著聽到的是一個不知 FUCK 或 HUG 的聲音，還是一個曖昧的喘氣聲［？］）

富豪就按下 Stop，然後繼續坐在原位，等女裝的小藍過來約他離場，再跟著他走。

女神感覺氛圍靜悄，拉下布幔，要走，但是好像看到遠方正是來了男神！一時腿軟，便面對牆面側行退場。

**角色 5　男神（有宗教信仰的人）**

男神鼻子上貼著十字狀的 OK 繃，手拿著一張紙（或小筆記本）出場。他的行李是一般的肩背包。進場後，有注意到靜靜坐著的永夜富豪。然後，他等 Crew 員奉上麥架。

剛剛在轉角那邊，對，就那裡，有人交給我這個，我不想私藏，因為現在都在說分享，分享給你給你給你（很像演唱會那些歐爸朝著粉絲比劃的手勢），都來到這裡，就念這個給你們聽好了，反正也沒差，我最近有比較忙，但是時間還是蠻多的⋯其實，我沒什麼時間，如果你有關心我，你就真的知道。好，那麼大家就聽聽看。我沒什麼時間，真的好累⋯說實話，我在等這個時代過去，我是這樣想，這個時代過去了，就會進來到一個適合我的時代。我也不必跟著大家盲目地追逐名利，我不會依附在不穩定的愛的幻想之上，我要在那時候創造一個屬於我的新家，你可說那是一間房子，那裡面會住著不會輕易就離開我的家人，我們不必提供任何的承諾，就相互依偎，支持，分享歡樂與哀傷。現在也只能等待，真的很難熬過這樣子等待的時光，但是這是我唯一的

# 去大馬士革

信仰，我必須等。最最重要的是，一個人要如何走出他的時代。但是為了給予一個象徵性的手勢，或是合適的身影，結果又一直困在其中，真是悲哀。我只說一句，在新馬克斯委曲求全，在舊馬克思格格不入，看土左視野狹小，看洋左自以為是。（沉默近十秒鐘，唱起歌［唱到蕩氣迴腸］Yes，it was…MY…WAY…走囉。

離場。

## 角色6　女裝的小藍（流浪教師／網紅／環保主義者）

女裝的小藍以藍布衣造型，或古裝片的女尼造型，予人常伴青燈的冷豔感，他的行李是一只布袋［或可愛花樣的便當袋，透明或鏤空為佳］，裡面裝著幾支寶特瓶，予人一種不甚俐落的觀感，可能還會向人推銷藥膏什麼的疑慮。他指揮一名Crew員協助下搬了一張小桌子進來，置於靠近觀眾的地方，向團員說了聲謝謝（或是阿彌陀佛）。「沿途」拉了一名觀眾上台，請他坐下，便好整以暇，張羅起泡茶的排場（觀眾也有一杯茶）。接著對著那名觀眾講故事。

我沒那麼愛講我自己的故事！有些事情，我也不覺得說了就怎樣。我跟你們講，我今天穿成這樣，這就很有故事。我只說一點，（淒厲地）我徘徊商場的過季花車貪小便宜把整個小套房堆得滿到沒路可走，是誰害的！！（轉換心情）我要換膚，皮膚的膚…我快瘋了！每一吋，每一吋都要換掉。換掉換掉換掉。是，我是曬太陽曬太多？我不是愛度假，是真的時間太多又有人要招待我，我就跟人家去曬太陽了。但，這是我的錯嗎？你可以說我沒才華，好，我願意做牛做馬，但是你們說那些正經事，是有哪一件落在我的頭上！？齁，都在脫皮，一層一層，又一層（其實是南寶樹酯乾掉的半透明層）。你會怕嗎？脫皮還不算什麼，我的整隻腳，已經被易位性皮膚炎搞到整肢脫毛。光滑有什麼不好…噢，好癢！大家從我身上真的可以學習很多，我一輩子都不會說別人胸大無腦、美眉腦殘…我講一個看電視新聞的事情…電視新聞不是都比權威的嗎？嗯，假設啦，

# （今晚，還有誰

然後，它們就前一刻才在報導海洋浩劫喔，什麼遊客亂丟寶特瓶保麗龍便當盒什麼什麼，下一秒就請了一個達人教你如何欣賞保特瓶的造型（突然想起自己的袋子裡面有支寶特瓶），你知道瓶底凹槽，還有圓形，還有這什麼紋路啊…是不是，有沒有神經病啊！！！　啊啊啊啊…我這樣看電視下去會變聰明，才怪！不是的，我會思考喔，你看我想了那麼多，很多層面對不對，大家要重視我的思維模式。就是說，眼睛一直盯著我的…同時，要理解我的想法。人能夠互相理解好重要，好重要。我不是欲言又止那類型的！！那麼，現在我要離開這裡一下，研究一下最新推出的飲料，喔，瓶身…（走近永夜富豪，對著他吟誦）「在那些定期哀悼的地方，在那些無暇傷懷的地方，而冷酷的花火仍然綻放，而冷酷的花火仍然綻放，你的心還是末日的冰寒，你的心——啊」時間怎麼這麼多！？我們先去吃點好吃的，免驚啦，我不是眉訝，我不會讓你受傷的。

東西都沒收就離場了，順便把永夜富豪帶走。（富豪的錄音機也沒帶走。）女神覺得現場好像平靜下來，掀下布幔，丟著，鬼祟張望，結果好像看到熟人（應是男神前來），便轉身面對ㄧ挨著牆面，離場。

## 角色7　跨國同婚離異者（NGO工作者／網友）

跨國同婚離異者穿戴整齊，提著一袋水果，講話時都是斜視他方的，有隻帶著婚戒的手指特別被凸顯。

在他講話之間，歌劇團全員坐定。他的行李是頂好或農會的付費塑膠袋。

我是那個說話會越說越小聲的沃伊采克——（做作的模仿）「大聲一點，沃伊采克」…什麼台詞啊！…（突然看了觀眾一眼）大家好久不見了…（彷彿聽到有人問他好不好又懶得回答那般）今天沒什麼不好。今天就像外頭那棵木瓜樹，沒什麼不好。（轉著手指的戒子）我正想搬家，剛在

# （今晚，還有誰）去大馬士革

路上就碰到一個朋友，他表示可以幫忙問問房子⋯很久沒有吃水果了，結果在那排黃金店面就有一家賣這新鮮紅心芭樂的水果行（接著就從袋子拿出一顆芭樂，並沒有吃它，只是欣賞著）。以前也沒注意到這家水果行，想不到它的蔬菜水果的賣相都很優——優劇場的優，然後好像來店的客人都已經是老客戶了⋯那，我也會變成老客戶嗎？今天最重要的月償貸款也繳了。久違的水果也買了。我好像沒必要來這裡了，但我來了。（聲音已經小聲到聽不到了。講到近乎泫然）⋯這裡有什麼好待的（說著便趴在桌上，像是睡著了，［字幕出］）「他已經回去他的國家了嗎？／我想我知道他去哪裡了⋯／他從他的國家來到我家，住了兩個禮拜／因為我家沒有吹風機，就走出門去，就出去了／我家有吹風機，只是家裡太亂了，很難找到⋯／可是，他平常沒事也可以打掃一下啊／這是一個關於視線的問題／就是「你瞎了你的狗眼」這種視線的問題／他有一個關於「視差」的問題／在你的國家，你分享了你已享有的幸福／你和我有了一場婚禮／你說，我們一起說，說要一起努力／我們的幸福就是給別人最好的鼓勵／啊，吹風機！／誰來鼓勵我？／難道說我們的婚禮是一場表演嗎？／表演已經結束了嗎？／不然你怎麼會為了吹風機，就不再回頭了？／你一直說不合法，不公平，我說還要努力／原來，只有兩人之間的信念還是不夠的⋯／你又到哪裡去分享幸福了⋯／我為什麼要繼續住在沒有風景的房間／沒有愛的人間／走了，這裡好無聊喔。」

在尾聲中，開始下雨。

離異者一直趴著，直到聽到"When I am laid in earth"音樂聲響起，站起來，轉身，看到明日黃花已站在出口，那一袋水果從手中滑落，芭樂滾出來。他呆立原地，最後像是被明日黃花招魂般，隨之離場。

## 角色8　明日黃花（劇場工作者）

明日黃花隨著"When I am laid in earth"音樂聲中，走進雨中，出現在門口，她穿著一件黃雨衣，穿著一雙雨鞋，佇立在原地，當她開唱時，［只有她所在位置］開始下雨。她的行李是一只拖曳行李箱／拖曳菜籃。

（從副歌唱起）
Remember me, remember me, but ah! Forget my fate.
Remember me, but ah! Forget my fate.
Remember me, remember me, but ah! Forget my fate.
Remember me, but ah! Forget my fate.

音樂尾聲中，明日黃花離場。
離異者跟著黃花走進雨中，離場。

**民權歌劇團　（軍隊）**

從「永夜富豪」場開始陸續入場／出場，在「跨國同婚離異者」場全員到齊，坐定。他們以調音、對 Key 起，直到演奏完兩首完整的曲子，再變奏轉接奏〈4:55〉，為男裝的小藍伴奏之後，送出小藍，接著燈光轉變，持續演奏至全員出場謝幕。

**角色 9　男裝的小藍　（家庭主婦）**

男裝的小藍在民權歌劇團接奏出〈4:55〉，以全身牛仔辣妹造型出場，持麥唱歌。她的行李是一

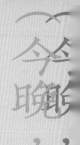

把吉他（或某種樂器）。
伴唱帶畫面投影出。

Yes I saw you at the station long distance smiles
You were leaving for the weekend
Catching the four fifty-five
With your new friend for the season
Another sad-eyed clown
Hoping to see that your fantasies go down
And I have to wonder to myself
Why you have to go so far
Drifting with life's daydreams
Trying to play the star
I have still remember when you said
'Baby now let's get away'
And I followed you like a schoolboy
I guess that's part of the game
Now you call me say you're sorry
Giving me long distance love
You say you'd like to see me
Maybe just for a while
And you'd meet me at the station
There on platform nine
And we'd leave for the weekend
Riding the four fifty-five

But I've played this scene too many times
To ever feel the part again
I don't really want to fake it
I already knew the end
So bye bye，cin-cinderella
Everything just has to change
And the midnight blues are calling
I guess that's part of the game

小藍唱完後，天空撒下紅紙片，樂聲中，離場。（等謝幕時，重新出場）
音樂持續，前輩前來點名，此前眾角色依序再次進場，會合。謝幕。

註：〈4:55（Part of the Game）〉，詞：Hans Ebert。

（今晚，還有誰）去大馬士革

# 堅守邊緣的劇場攝影人：許斌

◎陳正菁

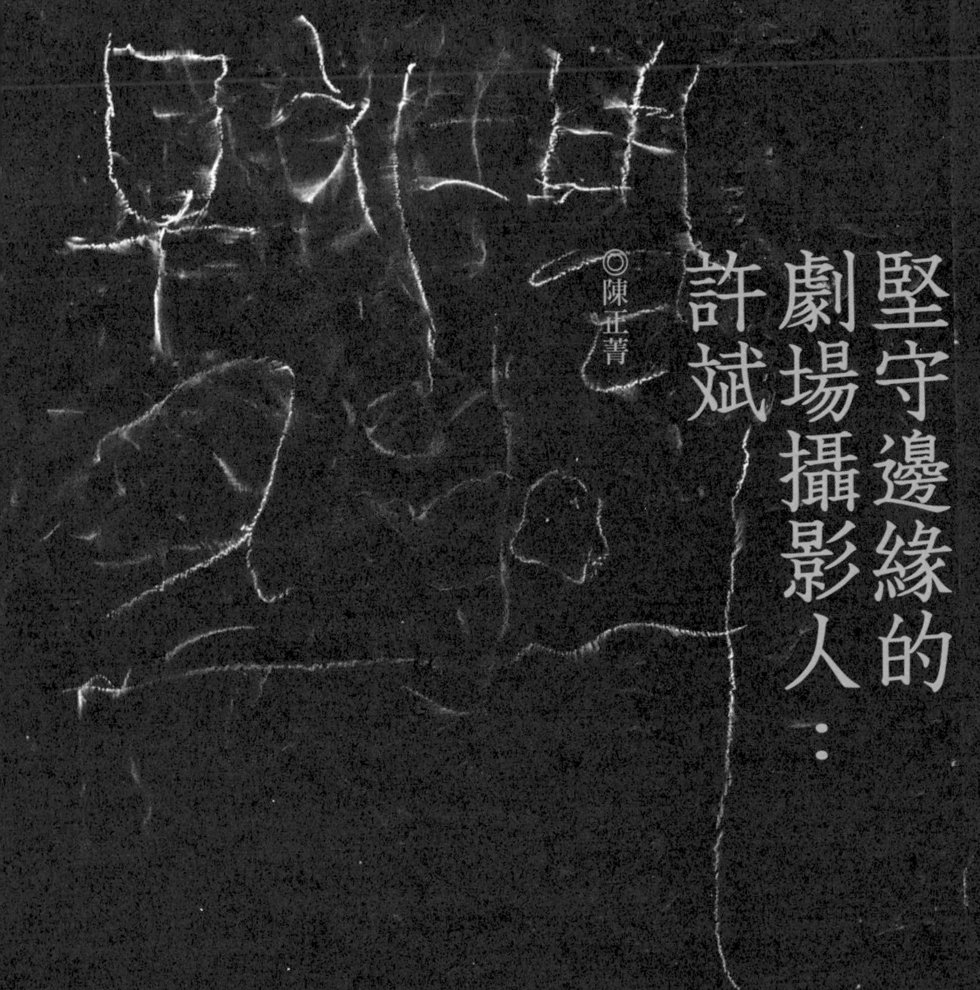

「劇場攝影」在整個攝影史上，很難爬梳完整的傳承脈絡。台前與台後，何者更值得觀者注視，顯然照片本身已自成另一個影像舞台。數十年來堅守舞台背後的紀實攝影者許斌，是台灣劇場攝影界不容忽視的創作者。許斌從不認為劇照、劇場側拍是所謂的「創作」，他謙稱自己只是忠實地紀錄現場，把功勞歸諸於舞台創作者。然而從影像論述的立場來看，我並不這麼認為。許斌對準幕前幕後，他選擇了一個拍攝者的主觀角度、特定的拍攝距離，選擇站在舞台的左側、右側或者背後，每一個選擇，都如同布列松所宣稱的「決定性瞬間」那般地至關重要。

高中時從父親手裡取得第一台相機，或可稱之為命中注定。許斌的父親在佳里擔任地方記者，無形中開啟他立志成為「記者」的契機。大學考了三次，從中文系輾轉至新聞系，每一步都在朝向他以為的更接近理想志向。三十五歲那年進了《首都早報》，徹底改變他的人生。出於對《人間》雜誌的景仰崇拜，引領他來到首都。混雜了對世界公平正義的追求，「街頭攝影」成為攝影的戰場，同時也是生命的荒原。從首都早報、明日報到壹週刊，他經歷了幾次重大社會事件，野百合學生運動、反軍人干政、九二一大地震；透過相機，他與台灣社會交織成生命共同體，攝影因此不再只是純粹的紀錄照片，攝影已足以代替他傳達面向社會的觀點，為他說話。許斌總是說，他不擅言詞。

從記者開始進入攝影領域，幾乎確立許斌此後看待影像的方式。影像的社會訊息、影像的倫理指涉性、影像符號的符徵與符指關係種種，皆是驅使他拿起相機卻不敢掉以輕心的原因。此後從報紙轉入《表演藝術雜誌》，開啟他更全面的藝術場景，提起拍攝碧娜鮑許的現場經驗，他仍稱是職業生涯裡的重要里程碑。

「一九九七年，碧娜鮑許來台灣演出《康乃馨》，我幫她拍了一組特寫。二〇〇八年烏帕塔舞蹈劇場二度來台，我感覺已經不是原來的碧娜鮑許，即不再拍。」

許斌認為記者工作對於劇場攝影多所幫助。紀實攝影幫助他更能掌握現場，而劇場攝影經驗則讓他重新思考新聞攝影。談起《壹周刊》時期，黎智英看待攝影圖片的認真態度，他總是念念不忘、銘感於心。有一次他特別把林懷民帶去淡水拍照，也曾經為了拍建築師跑去花蓮；攝影場景應該設定在哪裡、哪個時間，事前都經過他的深思熟慮、反覆揣想；即使只是一張為周刊拍攝的照片。

說起曾任職早期的誠品書店，負責藝術、建築書區。這段因緣，也讓他對於「理想書店」產生許多嚮往。九二年他離開誠品，前往倫敦住了一百天。查令十字路上的Foyles Bookstore布滿他的旅人足跡，然而他更深受當地小書店、獨立書店的觸動，因此體悟到更理想的書店原型。訪談過程中，他多次提到「隨緣」二字，乍聽很俗套，但他試圖表達的是命運的神奇與不容抗拒，從一個點連結到下一個點，因為認識某人於是連結到另一個某人。緣分的堆砌逐漸描畫出生命的地圖，他謙卑地臣服於天地宇宙，順著時間之流往前走。

在《表演藝術雜誌》擔任特約攝影近三十年，拍過無數表演團體、知名藝術家，累積他豐厚的人物攝影經驗。然而攝影究竟有何更嚴肅的意義，對於一個擅於拿相機的人、一個攝影者，不斷地拍攝究竟能夠對這個世界説出什麼意義重大的語彙，他從未停止思考。直到二〇〇〇年因為九二一結識了前衛劇場創作者王墨林，也因此改變他後來整個攝影與生命歷程。

「所有的表演藝術工作者，都應該去做行為藝術。行為藝術最好的部分，就是幫助你獨立思考、開發身體，以及批判。」

劇場很難拍，劇場創作的背後意識更難透過影像再現。長時間紀錄王墨林的劇場創作，許斌幾乎到了專注神迷的地步。就像紀錄片導演耗費時間地蹲點跟拍，卻無法保證每次拍到期待可用的畫面素材，也不是每一次的紀錄都實質有效。演出一次，他拍一次；演出兩次，他拍兩次。到澳門拍一次，到中國山東再拍一次，只要有時間他就跟團，且幾乎都是無酬參與。此後他與王墨林的關係緊密契合，儼然成為劇場史上唯一的「王墨林紀錄者」。王墨林創作所探討的身體、空間、行為關係，許斌深受影響。藉由相機，他試圖重現劇場所迸發的身體震盪、劇場事件與環境的張力，以及台上演員與台下觀眾的位置拆解。最終甚至他將自己的身體也奉獻給劇場，拿著攝影機走上舞台，在王墨林劇本裡扮演即興的攝影師腳色。長時間記錄「行為藝術」，更迫使他看待攝影展出的方式也產生質變。

「我不會想做攝影展。傳統的攝影展覽形式已經無法說服我。」

許斌篤定地表示。倘若真要展出，他希望會是結合劇場和行為藝術的形式，我想這是劇場深植他心裡的最大意義。也因此我們很難用一般攝影風格來思考劇場攝影，亦無可能輕易地界定劇場攝影是劇照還是創作，是紀實還是藝術。

許斌與王墨林的合作關係，連帶也牽起他與牯嶺街小劇場的緣分。二〇一八年小劇場封館前一天，他們聚集眾人到館址現場拍大合照。這張樸實無華的「封館紀念照」異常地有力量。當我看到影像時，直覺這將會是一張具有歷史意義的照片，它幾乎傳達了攝影機具最直截真誠、最不具姿態的「再現」功能。然而，並非所有的攝影者都有足夠的能力掌握這樣的畫面，它仍然涉及攝影者站立的位置、角度俯仰、光影感受、框取範圍，每個細節都是瞬間快速的決定，而每個決定都影響最後留下的影像紀錄。任何多一點的攝影者自我意識過度地溢出，都會導致拍攝失敗；亦即，使照片呈現過度地積極詮釋和闡述。於今二〇二〇年小劇場再度重啟，重新翻看這張歷史照片，除了閱讀上的撼動，還包含時間本身的痕跡，以及交雜在其中人事物的僕僕風塵。

「我一直不喜歡台北。有一天還是想要回去台南。」

即使長時間在台北工作，許斌對於此地的異鄉感仍然揮之不去。他沒有買房，至今仍暫居在頂樓加蓋的屋舍。活到中年，他對於人情世事的淡薄，從訪談言語之間透露無遺。唯獨談到攝影和劇場，談到他目前正在學習的書法，還是興味盎然。他告訴我他喜歡美國攝影家 Irving Penn，但是也喜歡韓劇《秘密森林》，同時熱愛北歐的犯罪電影。如此多重卻又不衝突的生活興趣，或許全都源自於他從小的愛看戲、看電影。童年時期的文化生活養成，從看布袋戲、歌仔戲、《王哥柳哥遊台灣》即已萌芽。未來是否還想要再完成些什麼重要的創作呢？他毫不以為意。但他說仍會持續地拍攝王墨林，拍了二十一年，還要繼續拍下去。

許斌（攝影／楊雅惠）

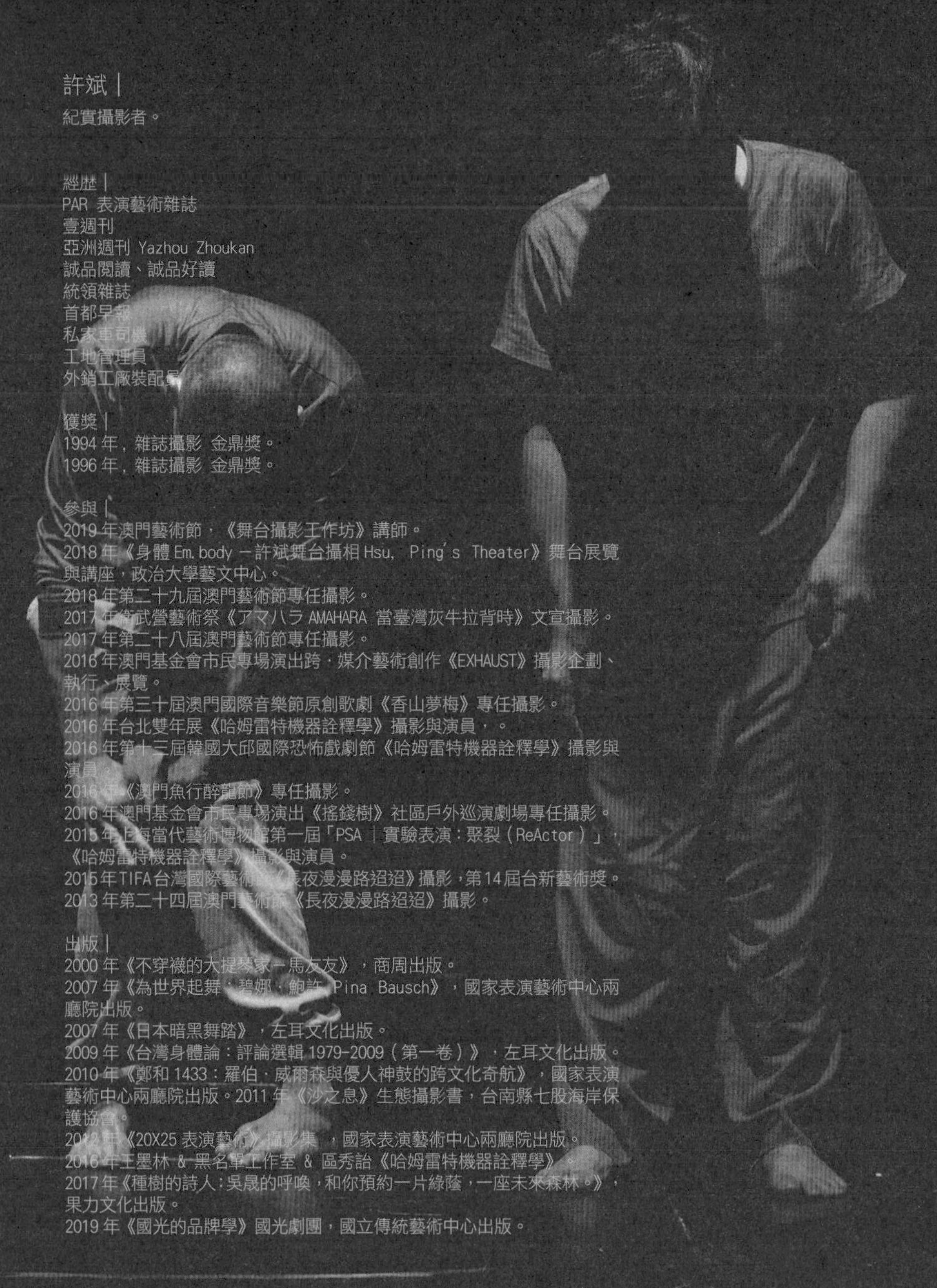

許斌｜

紀實攝影者。

經歷｜

PAR 表演藝術雜誌
壹週刊
亞洲週刊 Yazhou Zhoukan
誠品閱讀、誠品好讀
統領雜誌
首都早報
私家車司機
工地管理員
外銷工廠裝配員

獲獎｜

1994 年，雜誌攝影 金鼎獎。
1996 年，雜誌攝影 金鼎獎。

參與｜

2019 年澳門藝術節，《舞台攝影工作坊》講師。
2018 年《身體 Em.body －許斌舞台攝相 Hsu, Ping's Theater》舞台展覽與講座，政治大學藝文中心。
2018 年第二十九屆澳門藝術節專任攝影。
2017 年衛武營藝術祭《アマハラ AMAHARA 當臺灣灰牛拉背時》文宣攝影。
2017 年第二十八屆澳門藝術節專任攝影。
2016 年澳門基金會市民專場演出跨．媒介藝術創作《EXHAUST》攝影企劃、執行、展覽。
2016 年第三十屆澳門國際音樂節原創歌劇《香山夢梅》專任攝影。
2016 年台北雙年展《哈姆雷特機器詮釋學》攝影與演員，。
2016 年第十三屆韓國大邱國際恐怖戲劇節《哈姆雷特機器詮釋學》攝影與演員。
2016 年《澳門魚行醉龍節》專任攝影。
2016 年澳門基金會市民專場演出《搖錢樹》社區戶外巡演劇場專任攝影。
2015 年上海當代藝術博物館第一屆「PSA｜實驗表演：聚裂（ReActor）」，《哈姆雷特機器詮釋學》攝影與演員。
2015 年TIFA台灣國際藝術節《長夜漫漫路迢迢》攝影，第14屆台新藝術獎。
2013 年第二十四屆澳門藝術節《長夜漫漫路迢迢》攝影。

出版｜

2000 年《不穿襪的大提琴家－馬友友》，商周出版。
2007 年《為世界起舞．碧娜．鮑許 Pina Bausch》，國家表演藝術中心兩廳院出版。
2007 年《日本暗黑舞踏》，左耳文化出版。
2009 年《台灣身體論：評論選輯 1979-2009（第一卷）》，左耳文化出版。
2010 年《鄭和 1433：羅伯．威爾森與優人神鼓的跨文化奇航》，國家表演藝術中心兩廳院出版。2011 年《沙之息》生態攝影書，台南縣七股海岸保護協會。
2012 年《20X25 表演藝術》攝影集，國家表演藝術中心兩廳院出版。
2016 年王墨林 & 黑名單工作室 & 區秀詒《哈姆雷特機器詮釋學》。
2017 年《種樹的詩人：吳晟的呼喚，和你預約一片綠蔭，一座未來森林。》，果力文化出版。
2019 年《國光的品牌學》國光劇團，國立傳統藝術中心出版。

《關於生之重力的間奏式》，姚立群，2017。攝影｜許斌。

《關於生之重力的間奏式》，姚立群，2017。攝影｜許斌。

《關於生之重力的間奏式》，姚立群，2017。攝影｜許斌。

《荒原》，王墨林，2010。攝影｜許斌。

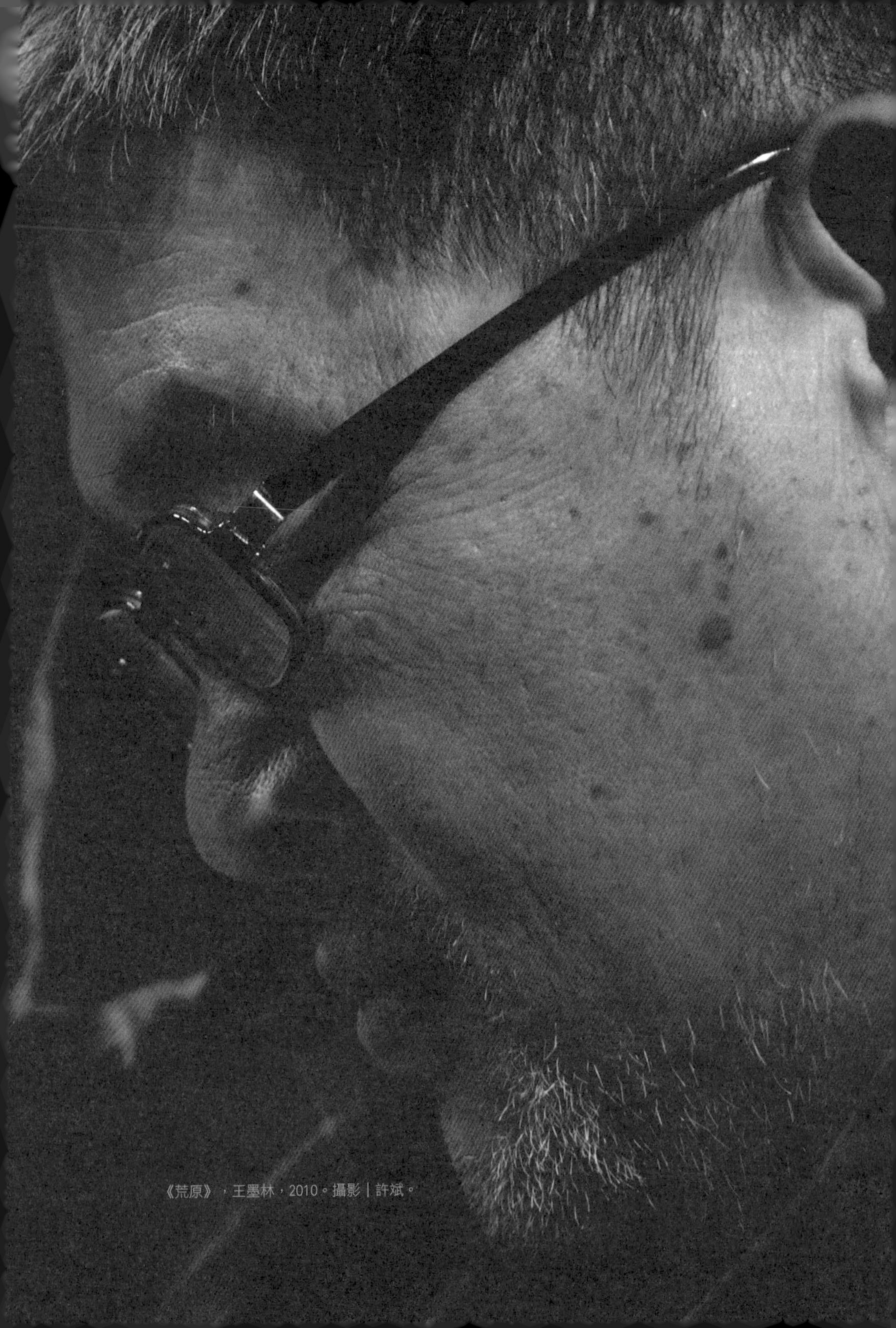

《荒原》，王墨林，2010。攝影｜許斌。

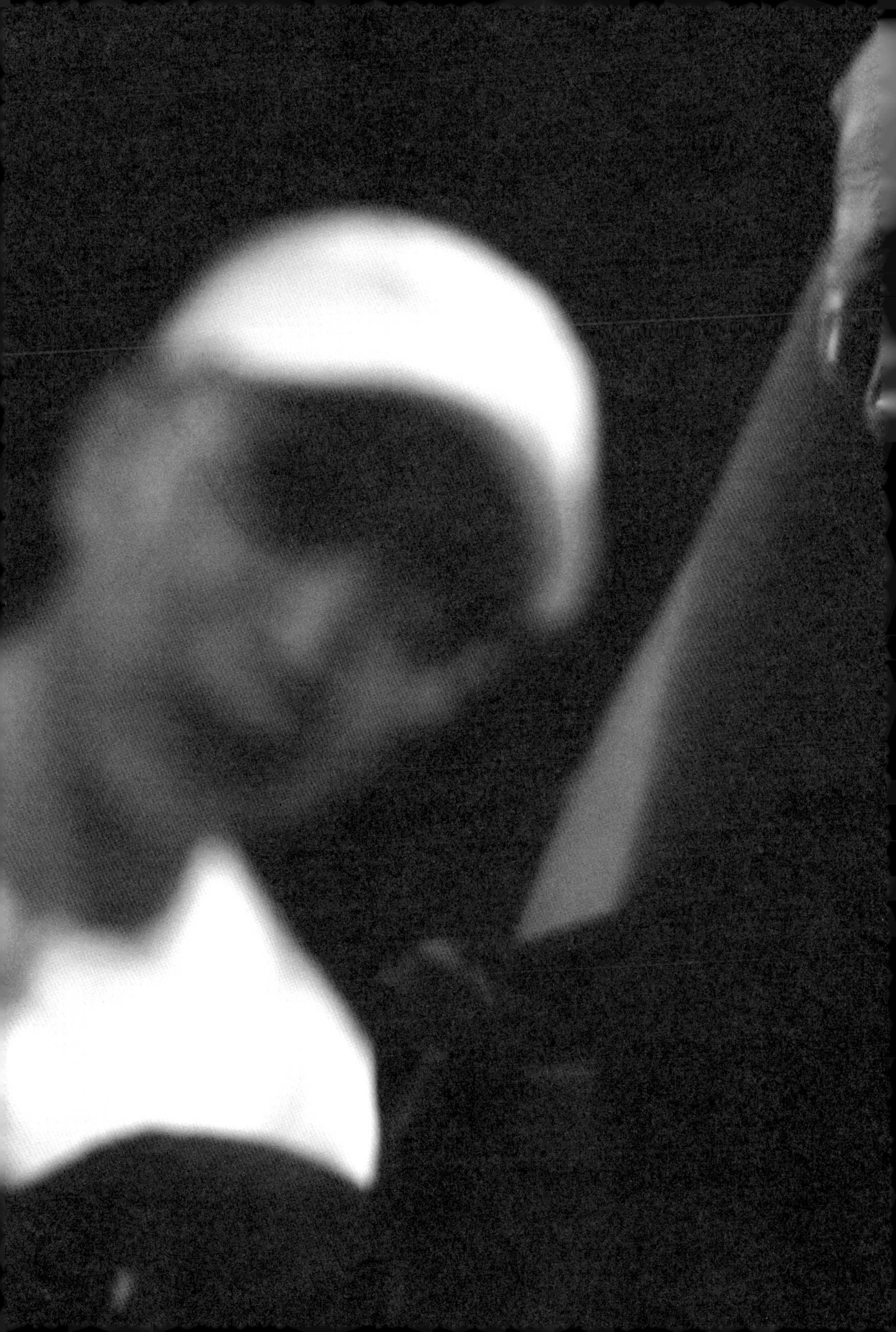

《安蒂岡妮 ANTIGONE》2013，王墨林。攝影｜許斌。

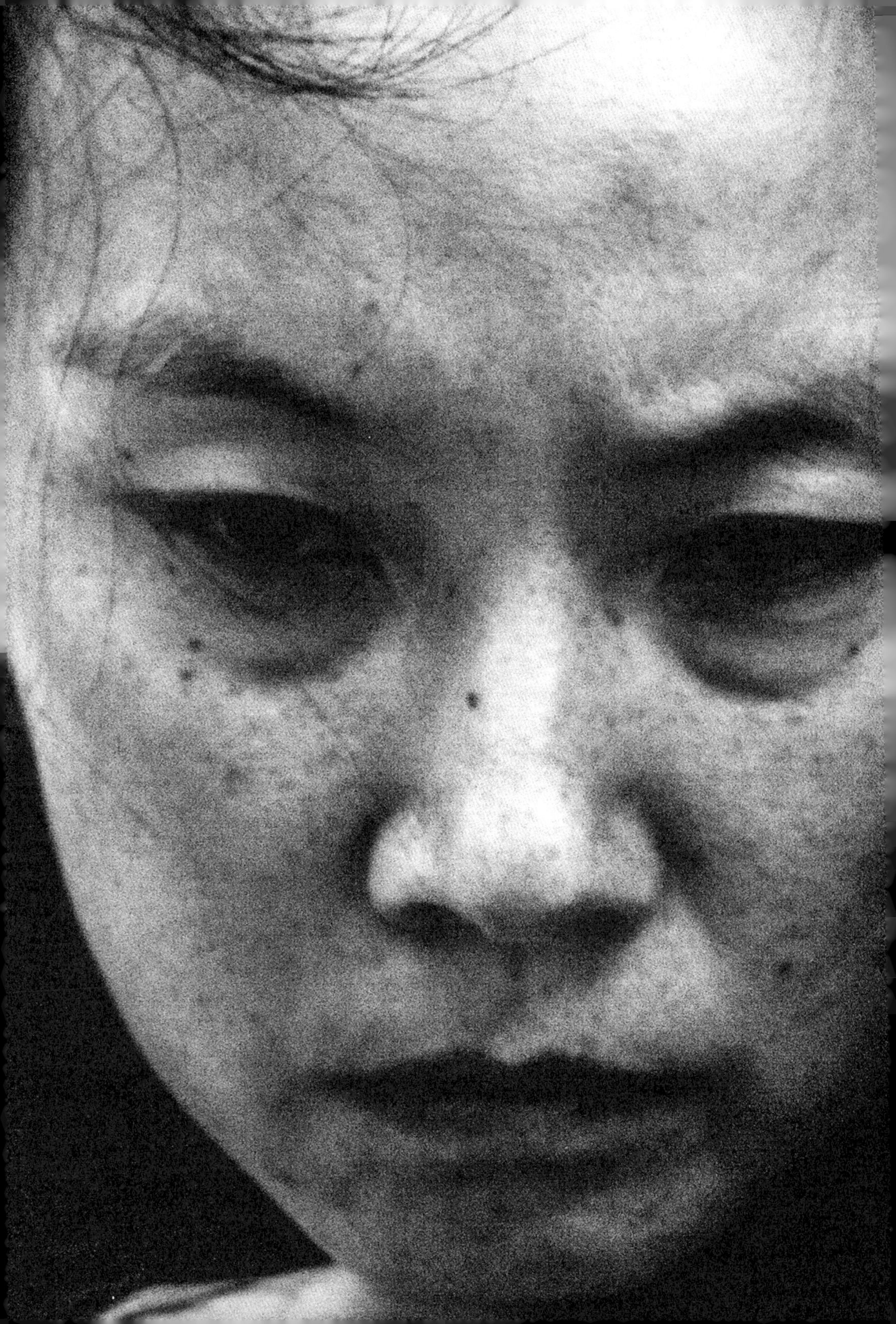

《哈姆雷特機器詮釋學》，王墨林，2018。
行為藝術家江源祥。攝影｜許斌。

# 2 書與音樂、戲劇、電影，以及其他。

# 因為太相像而更陌生的父子關係，讀村上春樹的《棄貓》

◎馬欣

他們去棄貓，在一個尋常的午後，他父親亦看似神態尋常。村上春樹就是一路以這樣尋常的筆調，寫著有缺憾的親緣，也寫著一路以來，父子各自承受的失去。

他與父親近乎二十年沒有說過話。即便是如此疏離的親緣，也深深影響了村上春樹這個人很根本性的東西。像這樣如空氣般淡漠，卻無法否定的關係，在他筆下那個棄貓的日子，那日的天氣與風竟被清楚地記得著，或是某幾天他們曾一起去看的電影。就是這樣稀鬆平常的回憶，被他寫下來後，才知道如此少數的回憶，值得大半生的保留。

或許真像村上所說的，他是一個必須寫下來才能思考事情的人，因此他與父親的那份羈絆，讓他們雖然陌生，但這份陌生也根深蒂固地存在著感情。

包括他怎麼去回憶這個曾一起生活的「陌生人」。講起我們跟父母的陌生，一定是尷尬的。對於孩子來講，自己懂事以後，父母已經那麼大了，對於他們青春的捕捉，總沒有他們的老去那麼確切存在。

但那些前半生，卻往往是父母最沉默，或對孩子最選擇性坦露的。而那些種種才是他們的影子。曾是個什麼樣的少年；曾經想做過什麼；曾經認為自己錯過了什麼。那些在記憶裡好像被漏接的高飛安打，才是父母最執著，或如何走到後來的具體原因。

因此，或多或少，我們對自己的父母都相當陌生吧！因為他們一開始，就以「我們的父母」面貌而存在著，在這身分之外，有太多非常私人的一面。而村上春樹與他父親的陌生程度更大於一般人，幾乎從青年之後，就硬生生地拉扯掉了聯繫。或許也因如此，看他寫他父親時，你更能夠被感染到那份他父親生命中巨大的「安靜」。

像挪開井上的重石塊一樣，一下子看不到井底的那種安靜。他父親有著自己與家人都不想面對的過去，要搬開那些往事，簡直像挪動石塊一般，不是挪不動，而是不忍心；是怕再觸動了深處的什麼。那種經歷戰爭的回憶，大半生全然身不由己的狀態。歲月是非常沉的，最好讓它落入大海，無法撈動的沉睡。

可以想見，這對父子間的沉默也是正常的，彼此的經歷相去太遠，如同他寫的：「我們都只能呼吸不同世代的空氣，背負各自固有的重力活下去。」而他父親的重力，是從一個夏季的下午開始解鎖。他們特地騎腳踏車去海邊，拋棄一隻母貓開始。當時海邊浪濤的鳴聲，與經過防風林時聞到的香氣，如此美好的日常，像是父子的一趟郊遊，卻是做一件殘忍的事。

於是，殘忍在日常裡，也沒那麼值得一提。殘忍的事在他父親的日常裡，也不是那麼奇怪的事。他父親是如此習慣無常啊，你會這樣想。在他看到小貓比他們更早回去，他父親對貓有幾秒的佩服神情，甚至鬆了一口氣的表情。人心不怕磨，磨成石頭後，還是會滲出點原本的血氣出來。

心，本來就是拿來磨的。

這本書就這樣磨著你，以搖籃的幅度，磨著你才知成熟。有人總以為哭是浪漫的，也是確認自己還有血氣的，但哭不外是你還有依仗。真正的成熟是種通透，是心裡有海洋的巨浪，而不是你臉上濕淋淋。

這本書就有這樣的價值，它不是最好，但它有種通透，那些眼淚是珍珠的去可憐某人或表態善良，終歸是賴在那裡的，這輩子都沒有見過蒼涼的。

他父親如他兒子所述，是不幸的一代。生在日本的大正時期，和平日子沒有過多久，就經歷了昭和年間的大蕭條。曾被送去當小和尚與養子，因適應不良，輾轉又被人送回家，那種被拋棄感，或許在過去很常見，孩子生多了就往外送，如此不值多提，且細碎入心，在幼年就種了種子。如曾被棄養的導演侯麥一生在拍著被拋棄的主題。

被棄原因會是卡在心裡的魚刺，那點敏感多不合時宜。緊接著就是二戰，原本在寺廟學習當僧侶的他父親，因為文件送錯，就這樣被直接送上戰場，前半生受的是佛學洗禮，求的是世間太平，卻直接迎接修羅場，當新兵練習砍中國俘虜的人頭。

村上說，他父親很少提及此事，喝酒後會特別鬱悶，但提到某些中國兵的寧死不屈，提到因戰爭枉送性命的人，豈是他後半生受得起的重。當時並不流行所謂的「創傷症候群」，他父親開始更少提，人生有了混沙帶石的重量。

他開始以寫俳句遣憂傷，從小書讀得好，大半人生不是被迫繼承寺院住持，就是被送入戰場，也差點被送去菲律賓與美軍搏鬥。當他知道同連的人多半死於菲律賓時，俳句不斷地寫。真正的憂傷是言語無法表達的，只能藉歌藉文，藉由別的形式，將已無以名狀的事情，投射到他人與他物上。

這樣的對最親陌生者的側寫，同時寫著他幼時對父親身影的觀察，尤其他父親酒醉後的描寫，是那樣孩子氣的，仍找不到家的，似乎有一部分仍沒有安穩到家。

他寫棄貓，也是寫人的流離。寫著他父親後來不諒解自己為何有機會受教，竟不思進取，開爵士酒吧、寫文過活，直到獲得芥川賞才有融冰現象。但感情已經生份太多年了，後來從事寫小說為業的村上，與父親更是愈走愈遠。像是他寫《東尼瀧谷》裡的父子，極少見面，各自摸索成長。但孤獨的共振像是一種傳下來的石頭般，彼此都是無法化解的高溫熔岩。

我記得村上春樹曾在《關於跑步，我所說的是》寫到：「我是如果生氣就發在自己身上，如果不甘心就折磨自己吧。我向來都這麼想。」他不認為自己這樣的個性能被誰喜歡。他與他父親都這麼固執，也都如此堅持，會這樣「陌生」，是因為彼此太相像了吧。

他終於寫下他父親，在自己老去之際，心事如重擔落下。更寫下他們家曾出現的一隻白貓，某日輕快爬到極高的松樹上，小貓得意得很，但隨即發現下不來，人爬梯也無法施救，隔天小貓就失去了聲響。如宮本輝小時候看到被釘在牆上乾枯的壁虎，村上則一直難忘那在樹上哭了一整夜的貓，前者是無法解的困局，後者是失去的一瞬，我們都在慢慢死去，也都慢慢在想法補好長齊，邊拼湊著邊上路，世人皆然。

《棄貓：關於父親我想說的事》；村上春樹。2020，時報出版。

馬欣。
作家、影評與樂評人。曾擔任金曲獎、金馬獎、金音獎評審，專職寫作，專欄文字散見於鏡周刊、娛樂重擊、博客來OKAPI、非常木蘭、自由時報、聯合報、端傳媒等，著有《反派的力量》、《當代寂寞考》、《長夜之光》、《階級病院》。

# 不斷跨越自我里程碑的爵士樂先行者，邁爾士戴維斯

Miles Davis

／胡子平

請先試著想像一個時代場景的畫面，當你置身在一九四0年代紐約市的第五十二街頭的夜晚，一個曼哈頓中城區的中心位置，是許多詩人、藝文人士、戲劇演出的社交區域，當然，同時也是世界爵士樂現場演奏的重鎮。第五十二街這一條街上，煙霧繚繞，往來情慾男女的嘻笑聲在行人道上迴盪，艷麗的廣告燈光閃爍照亮在大街，光是爵士酒吧就有赫赫有名的三骰子俱樂部（3 Deuces）、瑪瑙俱樂部（The Onyx）、Kelly's Stable等等地點都有每週固定性的爵士樂演奏。不遠處，洛克菲勒中心才剛新建完成沒幾個月，在那時，爵士樂剛脫離大樂團搖擺時代的流行高峰期，在經歷過各種現場演奏互尬場的嚴苛考驗後，許多樂手的身手雖已躋身至頂尖地位，然而每位樂手也都在尋找新的聲音。

# Miles Davis

此時年輕的邁爾士戴維斯，帶著他的小號，遠從聖路易斯應邀來到紐約的三骰子俱樂部吹奏，一上場便恭逢了當時美國爵士音樂圈最厲害的樂手群，查理帕克、迪吉葛拉斯比、路易士阿姆斯壯、Thelonious Monk等名家齊同登臺演奏。在這無數的夜晚，他聽著這些令人頭暈目眩的演奏，又需隨時跟上樂團的拍子、速度及回應，在咆勃爵士樂（Bebop）正崛起的年代，他何其幸運地就已經跟這麼多偉大的音樂家先後廝混過。正如這本邁爾士戴維斯自傳裡所提的，他馬的真的太過癮了。

由於戴維斯本人也並不是什麼謙虛的人，他的確很有才華，然而他也很自負且不斷的試圖用言語挑釁、刺激身邊其他的樂手。這些經常夾帶髒話的直率語言，構成了這本《邁爾士戴維斯自傳》的基調和質地，一種粗獷且帶著男性拳擊的格鬥況味，坦誠但同時又帶著蘇格蘭威士忌的酒香和藥物化學刺激的酸苦味。他藉著人生階段的每個章節，去評論他生命中遇見過的樂手，包括他青少年時期崇拜的偶像、因意外早夭的樂手和那些歷史上早已佔有一席之地的爵士樂大師。

戴維斯的音樂職業生涯至少五十多年，他玩過的樂風，涵蓋了咆勃爵士樂外，還融合了自由爵士、前衛爵士、放克、藍調、搖滾甚至一點點基本粗略的嘻哈音樂概念。有次在一九八七年，他因雷查爾斯獲頒終身成就獎，一起受邀出席白宮晚宴上，在這種幾乎是

## *Birth of the Cool*

菁英白人賓客的宴席上，被問到他做了什麼重要大事才有資格出現在那兒。在自傳中戴維斯以冷冷的腔調回答那位只想附庸風雅的白人女士說：「這個嘛，我改變了音樂的樣貌五、六次。」事實上，戴維斯是至少有好幾張專輯做到了這點，而且有好幾次關鍵時刻他重新改變了爵士樂的發展走向。

戴維斯在一九四0年代中期加入查理帕克的五重奏，這對年輕的小號手來說是一個巨大的突破。帕克已經是爵士界明星了，戴維斯正在取代樂團中偉大的迪吉葛拉斯比。邁爾士無法與葛拉斯比的高音範圍競爭，在速度上也無法吹得像葛拉斯比那樣飛速，因此他發現了適合他自己的小號即興吹奏聲音，大部分都保持在中音位置。試圖以較長的樂句創造出較寬闊的聲響空間。幾首例如〈Moose The Mooche〉、〈Yardbird Suite〉、〈Now's The Time〉等曲目，有興趣的聽者可以比較邁爾士在帕克團中一起吹奏的版本及葛拉斯比早先吹奏的版本相互參考。

一九五七年到一九六一年是戴維斯吹奏生涯中第一次的巔峰期，光是一九五七年，他就出版了六張專輯，不僅張張經典，而且其中《Round About Midnight》以自己的風格向他的偶像導師查理帕克和 Monk 致敬，也是 Hard-Bop 風格相當重要的作品；《Birth of the Cool》更是開創了他所謂的酷派的誕生。早期的爵士樂本質上是全音階的（即西方傳統的大、小七個音階，包括五個全音和二個半音階的旋律及和聲），一九四0年代後

# Miles Davis

半葉的咆勃爵士樂將爵士樂分為兩個相對的陣營。咆勃爵士樂演奏了舊爵士樂的和聲，並在其上疊加了其他的替代和弦。它也打破了鼓手節奏的固定規律，讓樂團陣容中每位樂手的獨奏，能以十六個音符的音程盡情發揮即興創作。

早期咆勃爵士樂由查理帕克（薩克斯風）、迪吉葛拉斯比（小號）、Bud Powell（鋼琴）和Thelonious Monk（作曲、鋼琴）統御的時代，作品大多偏快速的連續短音及上述的理論架構構成。但同時間，然而在一九四九年和一九五０年錄製的《Birth of the Cool》裡的作品卻是有別於咆勃爵士樂的聲音。平滑的演奏風格取代了炙熱的樂章，長音取代了急促的短句，戴維斯的小號營造出舒緩怡人的午夜氛圍，加之她與吉爾埃文斯（Gil Evans）合作的大樂團，讓他再次獲得廣大樂迷的歡迎。在後來幾張他和埃文斯大樂團合奏的機會，戴維斯展現他獨特的編曲風格，包括了《Miles Ahead》、《Porgy and Bess》和《Sketches of Spain》等專輯。

有趣的是，戴維斯在一九五六年以兩天的時間及同一批的樂手陣容，在錄音間僅以一次（one take）吹奏的速度，迅速錄製完成四張獨立的專輯《Cookin、 with the Miles Davis Quintet》、《Relaxin、 with》、《Workin、 with》和《Steamin、 with》其中除了每張都是Hard-Bop的風格外，他領導的五重奏陣容包括了他的好友鋼琴手Red Garland、貝斯手Paul Chambers、鼓手Philly Joe Jones和當時還是默默無名的薩

***Milestones***
***Kind of Blue***
***So What***

克斯風手 John Coltrane 等人。這是戴維斯第一次組構的堅強組合，史稱 First Great Quintet。

受到爵士樂作曲家及樂理家喬治羅素（George Russell）對爵士樂理論的啟發，戴維斯開始嘗試調式爵士樂，一九五八年出版的《Milestones》專輯，在同名曲目上他首次以調式移轉的架構創作。隔年出版的《Kind Of Blue》專輯裡的〈So What〉，同樣以相同的曲式結構創作而成。

羅素是一位有意思的人物，一位黑白混血兒，年輕時混跡紐約，經常到吉爾埃文斯位在第五十五街的公寓裡鬼混，裡頭出入的份子包括查理帕克、戴維斯那一票的黑人爵士樂手。儘管他早年罹患肺結核後又復發，被迫終止演奏的生涯，使得他與五、六0年代爵士樂的場景並沒有真正的參與演出，然而他在臥病期間所撰寫的《Lydian Chromatic Concept of Tonal Organisation》（一九五三年出版）一書，重新定義了音階與和弦之間可對應的變化。「Lydian 色度概念」是爵士樂史中第一個經過整理的原始理論。吸收羅素思想的音樂家將他們的和聲語言從咆勃爵士樂的語言擴展到了後咆勃爵士樂的領域。羅素的想法影響了調式爵士樂的發展，〈Milestones〉是一首成功的曲目，隨後的《Kind Of Blue》則充分展現了調式爵士樂的完美典範及戴維斯的作曲能力。

# Miles Davis

## *Miles Smiles*
## *Miles in the Sky*
## *In Silent Way*

1964年，當First Great Quintet解散之後，戴維斯開始努力尋找能夠成為他的Second Great Quintet的團員。他眼光放在年輕世代，找來鋼琴手赫比漢考克（Herbie Hancock），貝斯手朗卡特（Ron Carter）和鼓手東尼威廉姆斯（Tony Williams），薩克斯風手Wayne Shorter。在一九六五年至一九六八年間，從《E.S.P.》錄製了第一張錄音室專輯開始，接著的《Miles Smiles》、《Sorcerer》、《Nefertiti》這四張專輯，充分展現了團員之間的實力與默契。此時的戴維斯開始轉而增加了一些自由爵士的元素。

在一九六0年代中後期，流行音樂開始產生巨大的變化，如同民謠歌手鮑伯迪倫，戴維斯觀察到這些變化，也開始使用插電樂器，並接受當時流行的搖滾音樂和放克音樂的影響。他在六八年發行的《Miles in the Sky》、《Filles de Kilimanjaro》都嘗試使用一些插電樂器和電子合成樂器，但是直到隔年的《In Silent Way》才被認為是他的第一張成熟的爵士融合專輯。這張專輯總共只有兩首長曲，就某個角度，架構上可以看作戴維斯五0年代後期調式作品的回歸，只不過是以六0年代的搖滾樂器材和融合的風味包裝。想當然，這種做法在當時引起廣大爭議，但現在仍被認為是戴維斯的經典作品之一。

接著次年發行的《Bitches Brew》專輯引起更大的轟動與爭議。不僅找來年輕的英國吉他手John McLaughlin助陣且樂團的編制擴大，參與錄製的樂手更多達十幾人。這張大量即興演奏的專輯是一張至關重要的作品，它改變了爵士樂的發展軌跡，擴展了放克音

## *BItches Brew*
## *The Man With The Horn*

樂的邊界，並將迷幻搖滾推向了新的探索高度。此外他在樂器配置上增添了打擊樂器的編制，康加鼓、非洲主義色彩的元素及帶有巫毒聲響的穿插。

再一次如同《Kind Of Blue》當年的錄音情況一樣，戴維斯不給樂譜，只用一些影像跟口頭上的提示告訴樂手該怎麼進行，譬如他告訴McLaughlin要彈的像似不懂吉他一般的隨意彈奏。如果仔細聆聽這張專輯裡頭的每首曲子，會發現它們的樂句好像是恣意的吹奏，連續單音、斷音、沒走完的和弦行進、幾小節的旋律殘片，沒有固定節奏，沒有和諧感，這些樂聲聽起來像是充滿迷幻用藥後的暈眩感，雙重影像、狗叫聲、回聲、幻影以及潛伏在側的遠方節奏。

有人說這張《Bitches Brew》是戴維斯對動盪的六0年代政局、美國黑人民權運動及越戰所帶來的傷痛而做的總體回應，但也有人說這是一張拼貼畫，戴維斯意圖打破所有既定的音樂成規，它就像是畫家畢卡索描繪西班牙內戰的「Guernica」立體派畫作，這是戴維斯用音樂繪畫的抽象畫，而這些樂手都是他的畫筆。

戴維斯在七0年代下半期幾乎處於閒置狀態，當時他正處於嚴重的藥物成癮狀態，健康狀況也不佳。一九八一年，他帶著《The Man With The Horn》專輯重新復出樂壇。只是戴維斯在八0年代的作品在樂評界中普遍不受歡迎，但在商業上卻很成功，他的樂隊在大型場館和體育館裡演出。此時他巨大的音樂影響力，創造力和生產力依舊在流行音樂各類型中持續影響著，直到他一九九一年去世，享年六十五歲。

然而，他之所以成名和成功的重要原因仍在於他深厚的文化素養，他是典型的叛逆之子，崇尚個人主義堅持做自己，同時也是反建制派的的黑人音樂家。在此借用電影《靠譜歌手》所演的一個假設，假若戴維斯不曾存在這世界過，那麼現在的爵士音樂界會變成怎樣的光景？很有可能一九五０年代以降的許多爵士樂風流派的演變都要晚五到十年才可能會出現，更別提跨界融合這檔事可能許多樂手及評論者會先爭吵不休後，才會有一個成功的典範出現。而創新者如邁爾士戴維斯，則只花了四十餘年的歲月，完成了許多人需窮盡一生之力都未必做得到的事。

《邁爾士・戴維斯自傳：爵士巨擘的咆哮人生》；邁爾士・戴維斯、昆西・楚普。2020，大石國際文化。

胡子平（Ricardo）。
DJ、樂評人。《另翼搖滾注目》總策畫及主要作者，翻譯作品有《剛左搖滾》、《烏茲塔克音樂節口述歷史》等書。2004、2017年貢寮海洋音樂祭評審。曾在各大傳媒雜誌寫過專欄，曾開過一系列講課，包括音樂、設計及美學概論等主題。現為關鍵評論網藝文版專欄作家。

# 春秋酒吧之一：名為Fenne Lily的調酒

◎陳玠安

習慣把外套的領口稍稍拉緊，踏上二樓的煙霧瀰漫。已是秋季，點一根菸，隨風燒得很快。

分不清楚，是為了抖開日子裡的灰燼，一根燃燒殆盡的菸，或是為了在生活裡再次得到火光，踏上這二樓。諸多感受，在城市的挪移中麻痹，背景的虛化，輪廓無光，腦海因前一夜不足的睡眠，沈甸甸。沒有方向時，得找到問題的所在，找不到，就喝上一杯。這樣的流程不會導致任何的愛產生，閉上眼，小小的悲劇依然在不近不遠處，你真能對它舉杯嗎？比如說，生命。

# FENNE LILY

你真能對它唱一首歌嗎？寫一句話？歌頌僅有的美好？踏上二樓的階梯略有陡斜，寬度僅能容一人上下。今夜，當你坐在吧台，會不會有一點機會成為那些鮮明的人？馬修史卡德、波特萊爾、村上龍、Eddie Vedder、Nick Cave、Serge Gainsbourg、馬丁史柯西斯、朱天心、細野晴臣……以想像與酒精借位，打轉於故事與音樂之間，影像與時間。所短缺的，從坐上酒吧那一刻，放鬆，掉進他人賦予自己的能量。要歷經多少過剩的浪漫，才會成長？千萬不要細數香菸與咖啡，千萬不要以為這就是最後一杯酒或最後一次藍調彈奏：當你坐下，打烊的時間只會越來越近。你還以為自己能更早離開。

有時遇見熟人，有時遇見似曾相似的陌生人，有時候想喝熟悉的酒，有時想遇見似曾相似的酒。酒吧可以隨時是夢幻的，也能是殘酷的，兩者交織，亦不違和。小小的窗邊，夜的光線透進，甚至不可能比得上一盞桌上的小燭台。第一杯酒，年輕的酒，基酒有微微的甜感，入口溫潤的琴酒，雖是親切好進入，甜感卻不走絲滑，細緻感不待咬口，舌尖略帶通寧與花香，但僅從舌頭兩側滑過，再回到溫潤，說不上成熟，但很早熟。

這支酒既是新穎的款式，卻不讓人感覺驚訝或陌生，熟悉裡有驚喜。那份恰好的溫潤，讓人想要馬上再飲下一口，這次不那麼快的吞下，原來那甜味之所以引人入勝，就是因為有其炙烈與醇厚，類似白蘭地的甘醇，並不輕盈。這是Fenne Lily，來自英國多賽特（Dorset）的新口味。

# FENNE LILY。

她很早就開始唱歌。十六歲便開始在各個表演場地演唱，不過幾年時間，已經唱進 BBC Introducing「特別引介」的舞台，身影穿梭在大小音樂節。二〇一八年，二十一歲的她發行了首張專輯，並替知名民謠歌手們暖場，同時間，在音樂串流坐擁百萬聽眾。歌曲裡的她，總是像個縫紉者，千絲萬縷的情緒，被織成針織衫，真的冷的情緒裡，是不能提供太多「保暖」的，但總有許多時候，大衣太厚重，沒有太陽，風略略的襲擊，這時，Fenne Lily 的歌聲與語境，就替耳際與心情套上了那件針織衫。

這份針織衫的成分，可以充分被理解。Fenne Lily 先是受到 Nico 的影響，也從 Joni Mitchell、Nick Drake 跟 PJ Harvey 的音樂裡找到養分，聽她的音樂，確實有一份絕對的私密感，一如前述這些經典歌手，她的私密裡，也充滿了疏離。第一人稱的寂寥敘事，總有第三人稱的窺視感。不甜膩，有其清澈，不柔軟，但有著慰藉。對我來說，她也有著 Cat Power 或 Vashti Bunyan 的質量與想像。

在非常民謠的脈絡裡前進，喜愛原音伴奏的聽眾，絕對不感到陌生。音樂裡的她，如此純然，不見青澀，唱著唱著，如極短篇小說的畫面感，透過鋼琴與吉他聲響，偶爾加上弦樂，述說著年輕的世故。最近，Fenne Lily 發了第二張專輯《Breach》，可以「裂縫」理解之。年少輕狂的奇才見多了，年紀未必是印象分數。然而，她光是吟唱的穩重，和

# FENNE

聲的編排，氣音的使用，確實造成了反差。音樂裡緩步進逼的熟成與呢喃，說是出自風霜飽浸的歌手，也不讓人絲毫懷疑。歌詞裡依然青春維特的反思，則成為另一個反差之美。反差之間的加分，使人一聽難忘。果然是極佳的「裂縫」。

青春烈酒，悲歡苦甜，味道均衡的通寧水，在白蘭地的香甜感裡，以哲思為配方，以生活寫實為基底，造出優雅的「裂縫」，既有多樣人格，卻又合一敘事。像合宜的琴酒為底，你知其有烈感，卻能先被澄淨說服，漸飲，方知這份「裂縫」在老成的沈醉中，不在爆裂。她唱尼采（I, Nietzsche）時，確實巧妙說到了「上帝已死」，但，端出哲學，終究是為了服務「我需要你」的諧音（「I, Nietzsche」唱起來像「I Need You」），傷感的追求，會心一笑，精妙。

另一首歌曲〈Birthday〉，她巧妙的唱起「head」（腦子）跟「bed」（床），不斷重複著的副歌，描繪出另一次諧音裡，情感的荒唐，「你說我在你腦海深處是最重要的事，而她在你的床上則若無其事」。另一曲〈I Used to Hate My Body But Now I Just Hate You〉，「當我感到孤單，抽著菸直到不再失眠／來找我吧，浴缸越深越冷／結束我們曾經開始的事情，在一個有景觀的旅館裡／我曾是這麼恨我的身體，如今我只恨你」，好似那部電影《做愛後動物感傷》，哀傷的深度，已超過思考層次，回到身體，而感官也凋零。太過犀利，確實四海皆準，尤其 Fenne Lily 格外平靜的嗓音，反而使畫面盡顯

# FENNE LILY。

波濤。究竟是怎麼樣的思緒，能帶領一個歌手不但早慧，還能聰穎至此？

在專輯裡，Fenne Lily的怨念多麼迷人，苦澀一滴，像是既視感（Déjà vu），最有風度的那一種。弦樂是醇厚的強化，歌聲與吉他是不需情調的專注，喝下這一杯，順口而烈，美，不耽溺。略微快速的品飲，會有白蘭地的重量與暈眩，當然也有留戀；慢慢的，隨著冰塊融化的速度喝，酒精濃度下降，更顯風味多層。「孤單再也沒什麼好難了吧，既然你還要面向日子，你選擇了忽視／孤單再也沒什麼好難了吧，聽那警報聲，聽它悲鳴」。

拉緊了外套的領口，回家仍可思考、只是無法選擇是否會失眠的時段裡，有點太清醒地踏下樓梯，搭上一台車，口齒間仍殘存烈酒的甜，Fenne Lily，下次再喝一次吧，是否會甜蜜，是否會更苦澀？時間有其裂縫，從難堪而直覺的溫存裡走出，家不遠了，雖然，也只是一個讓我能好好刷牙的地方罷了，就像她所吟唱的那樣。

陳玠安。
1984年生於花蓮，以散文作者與樂評人身份活躍，曾撰寫數本文集，擔任金曲／金音獎評審等，目前於台北藝術大學擔任講師，「端傳媒」等媒體特約作者。

# 韓劇裡的書
## ——影視與出版的互動新可能

◎B編（編笑編哭）

二０一七年的韓劇《今生是第一次》裡，女主角志浩是一名助理編劇，她的工作是將偶像劇拍攝贊助商所提供的商品寫進劇本裡，透過戲劇的播出達到廣告的效果——俗稱「置入性行銷」（Product Placement，簡稱PPL），從粉餅、人參精華液、到電動平衡車，都必須依據贊助多寡，給予一定份量的曝光。編劇的要務是在適當的情節，巧妙且不留痕跡地置入，她的工作相當程度上反映了韓劇當中置入性行銷的運作方式。

然而，即使觀眾變得越來越敏銳，編劇也不再只是因為劇情走向承擔罵名（而是被說「PPL寫得亂七八糟」），置入性行銷仍是大舉入侵、有增無減，主角家旁邊有一家潛艇堡店早已見怪不怪，一邊追劇一邊揶揄００品牌怎麼還不出現也成了觀影樂趣之一。廠商對於PPL趨之若鶩的原因不言自明——因為有效。凡是主角拿在手裡、吃在嘴裡、穿在身上的東西，即使不是PPL，都能讓入戲的劇迷們爭相仿效，形成討論熱潮。

## 從戲劇到現實，打造金周元的書櫃

這樣的現象也移轉到出版品上（即便出版社可能不曾花錢從事置入性行銷）。二〇一〇年席捲亞洲的《秘密花園》，其中一段男主角玄彬朗讀《愛麗絲夢遊仙境》的情節，促使這本經典童話大賣，網路書店為此舉辦「金周元的書櫃」特展。

在劇中，男主角擁有一面書牆，戲中多度出現他捧書閱讀的畫面，為何唯獨《愛麗絲夢遊仙境》大賣呢？因為編劇適當地化用書中台詞取代男女主角的彼此叩問，也結合所謂「愛麗絲夢遊仙境症候群」，不可一世、幾乎擁有全世界的男主角一直不明白，為何自己會愛上一無所有的女主角：「有一種疾病叫做『愛麗絲夢遊仙境症候群』，患者會出現像是把望遠鏡倒過來看時的視覺幻象，每日所見都是童話世界，是一種令人傷心又神奇的病症。我絕對是得到了這樣的症候群，不然的話，為何跟這一無是處的女人在一起的所有時間，都變成童話了呢？」

對劇迷來說，為了刻骨銘心地感受男主角的痛楚與掙扎，就必須跟他一樣讀過《愛麗絲夢遊仙境》才能明白，所以隨著戲劇的熱播，書籍也跟著大賣。

另一個類似的例子是二〇一六年底開播的《孤單又燦爛的神——鬼怪》，男主角孔劉在確認自己對女主角的心意時，母胎單身九百年的他第一次感受到「初戀滋味」，這一段畫面拍得唯美而浪漫，在閃動的陽光下楓葉飄落，女主角踏著輕巧的腳步朝著男主角前進，他小心翼翼的看著，彷彿世界只剩下他的兩個人。接著，男主角緩緩唸出韓國詩人金寅育的作品——〈愛情物理學〉來形容內心的震動。此刻，螢光幕前孔太太們的心也跟著「震天動地、持續搖擺」，現實世界裡的愛情彷彿浮雲，荷包也跟著鬆動淪陷，無法衝破螢光幕去擁抱孔劉的劇迷們，買一本詩集過過乾癮也值得，況且，出版社還會在封面或書腰印上歐巴帥氣的身影。

**超前部署的出版計畫，跟著劇集一同推出的官方周邊**

過去，熱門戲劇會出版原著小說（漫畫）、劇本書或是劇照寫真書，在台灣或韓國都是長久以來普遍的作法。為了避免「暴雷」，這樣的作品多半會在戲劇完結篇後推出，讀者可以透過原著或劇本回味或填補劇情。

《秘密花園》和《鬼怪》的例子不一樣，戲外熱賣的並不是劇本書，而是配合劇情出現

《啖食惡夢長大的少年》；
趙龍 J.D.。2020，尖端出版。

的其他書籍，這些書挑逗起劇迷因男主角而悸動的心，所以形成類似置入性行銷的效果，編劇可能只是基於劇情需要而編寫劇本，可視為一種無心插柳的結果。

然而，影視與出版的互動，在二〇二〇年開播《雖然是精神病但沒關係》出現了全新而顛覆的樣態。這是一齣與出版相關的療癒系韓劇，其中由徐睿知飾演的女主角「高文英」是一名反社會人格的童話作家。

童話故事是串連起整齣戲的重點，編劇化用許多著名故事，從世界經典紅鞋小姐、睡美人、長髮公主、藍鬍子、美女與野獸、國王的驢耳朵、放羊的少女、醜小鴨、羅密歐與茱麗葉等，到韓國民間故事「薔花與紅蓮」，做為每一集的主題，以童話情節交織主角、配角們的現下際遇與過去，藉由觀眾對這些故事的了解，明白編劇的隱喻；另一方面以童話為基礎，透過角色與觀眾的共感，讓我們更容易同理精神疾病患者的處境與反應。

除了現實世界存在的童話，高文英在劇中的五本繪本作品，也是本劇的五個單集主題，包含《啖食惡夢長大的少年》、《春日之犬》、《喪屍小孩》、《手，琵琶魚》、《找尋最真實的臉孔》。（註1）在戲裡，這五本書都是完整敘事的故事，透過男主角或其他角色的閱讀，緩慢建構起高文英真實的內心世界。

《喪屍小孩》；趙龍 J.D.。2020，尖端出版。

| 集數 | 書名 | 播映日 | 書籍出版日（韓國） |
| --- | --- | --- | --- |
| 第一集 | 啖食惡夢長大的少年 | 六月二十日 | 七月十三日 |
| 第四集 | 喪屍小孩 | 六月二十八日 | 七月十三日 |
| 第七集 | 春日之犬 | 七月十一日 | 七月三十日 |
| 第十四集 | 手，琵琶魚 | 八月二日 | 七月十五日 |
| 第十六集 | 找尋真實的臉孔 | 八月九日 | 八月三十一日 |

從上述表列可以看出，五本繪本基本上是跟著劇集播出而出版，這可能意味著打從一開始，劇組就打算找出版社合作推出繪本、進行販售，因為一本書從文字、插畫完稿後，至少需要一個月時間編輯、印刷製成。事實上，若是仔細觀察劇中人物手裡的書，精裝的封面、紮實紙張造成的刷刷翻頁聲，其完整度讓人可以合理懷疑，出版社早在劇組拍攝時間就已經完成繪本的打樣。（註2）

## 現實中不存在的作家「高文英」

高文英的幾部作品不只在韓國書市熱賣，在台灣也掀起一波代購熱潮，畢竟這些書的內容都已經透過劇中角色的朗讀、劇集字幕的翻譯呈現，縱使看不懂韓文，也要買一本收藏壓一壓因為高文英獨特魅力而震盪不已的心臟。

當然，我們非常清楚這些繪本都是出自編劇趙龍及插畫家 Jam San 之手，但為了增強與

右：《春日之犬》；趙龍 J.D.。2020，尖端出版。
左：《手，琵琶魚》；趙龍 J.D.。2020，尖端出版。

戲劇的一致性，韓國原版繪本封面上的作者都是「高文英」——事實上不存在於現實的作家，甚至在書封內頁的作者介紹，列的都是高文英在劇中的作品，真正的作者只能委身書籍最後的版權頁。但是，這樣的做法肯定讓更多讀者心甘情願掏出荷包、購書典藏，畢竟我們情感投射的對象是劇中角色，從行銷層面來看，確實抓緊了第一波、也是規模最大的消費者——沉浸在劇情中、受到高文英吸引的觀眾。

順道一提，把劇中出現的物品製作成「官方周邊」販賣，書籍絕對不是頭一遭。以棒球隊經營為主題的《金牌救援》（2019）就曾把劇中球隊「Dreams」的應援小物，包含馬克杯、抱枕、紀念球、T恤、帽子等製成商品供劇迷購買收藏。

## 從韓劇反思台劇，除了劇本書以外的可能

綜合上述，韓劇與出版的互動大致有三條路徑：第一條是傳統的路徑，從出版到影視的IP授權、影劇翻拍，或從影視到出版的劇本書、劇照寫真書；第二條則是仰賴編劇創作時結合書籍作品，（意外）形成類似PPL的效果；第三種則是由《雖然是精神病但沒關係》開始，出版劇中繪本作品，書籍成為官方周邊，直接讓劇中虛構角色在真實世界作家出道。

反觀台劇，藉由戲劇熱播而大賣的出版品並不少，近期如《想見你》、《我們與惡的距離》

等，劇本書上市時多能占據各大書店排行榜，可見劇迷的強大的支持力道；亦出現改編自暢銷書的影視作品，如《做工的人》、《俗女養成記》等，也能透過戲劇的播出帶動原著的買氣。但整體而言，台劇與出版的互動模式仍停留在第一條傳統路徑。

近年來較有新意的一次大概是《我們與惡的距離》引發大眾討論時，書店通路推出了「編劇參考書單」，羅列編劇創作劇本時參考、二十七本與犯罪、正義、法律、精神疾病相關的海內外出版品。做為一個出版從業人員，多麼希望這些書能出現在王赦律師（吳慷仁飾演）或是宋喬平社工師（林予晞飾演）的手上！

在台灣政府積極推廣閱讀風氣的情況下，影視與出版是否也能借鏡韓國，除了各種 IP 轉來轉去之外，也把台灣出版品以類似 PPL 的方式置入台劇，試著創造一次如《秘密花園》帶動《愛麗絲夢遊仙境》的暢銷熱潮呢？

註：

1 此系列五本繪本，台灣繁體版於二〇二〇年十一月由尖端出版社陸續推出。

2 書籍打樣意指在正式印刷前先進行的試印，可用來做最後檢查，包含頁面是否錯置、漏頁、顏色的狀況等。由於拍攝需要的書籍數量不多，加上戲劇的後製製程長，推敲出版社應該不會在拍攝時就完成正式印刷。

B編。
射手座A型，出版業打滾中的多重身分人，曾任出版社編輯及行銷企劃，現為自由工作者，唯一不變的身分是「編笑編哭」經營者。

# 繪本 C'est chic：跨越時尚和插畫界的繪本創作人

◎林幸萩

C'est chic！這句法文經常使用在穿著時尚的流行語，中文上有點難以精準轉譯，需要因人事物的表現而去感受。除了時尚，C'est chic！的意涵延伸至非以金錢堆砌，而是與眾不同的品味，將優雅實踐在生活中，從底蘊散發出的氣質。對 C'est chic！的優雅時尚的觀察和繪本閱讀，這中間有什麼關係呢？

八年前，例行出差，飛往巴黎參觀巴黎童書展，期間碰巧法國插畫家朋友在巴黎六區的藝廊舉辦個展，這應是我最初深刻印象，看到插畫與插畫風格的陶瓷作品在藝廊展出，當年的插畫作品似乎尚未被視為一種可以收藏的藝術，繪本插畫家的藝術地位也還沒有很明確地被肯定。在經營有道的藝廊裡，看到插畫家的畫作與陶作在此被高度尊重，懸掛於迷人的白色牆面，擺放在氣氛優雅的空間裡，我的內心有一股衝擊！

我有種想法，真心很想要繪本像時尚產業，也能擁有豐富視角，多元風格。希望繪本本身的美好，在白色的牆面上，展現出繽紛與文雅樂趣。讓閱讀繪本的視覺感受，精神心靈獲得某程度的滿足。現在的童里的樣貌是在繪本創作人、繪本作品與讀者之間，不斷地尋找和探索，期待「繪本閱讀品味 C'est chic！」能夠逐步成形。而近年，法國有幾位跨越時尚和插畫界，擁有非凡才能的插畫家，他們自由穿梭在繪本出版與時尚產業之間，繪本作品在閱讀市場上各自獨樹一格，除了小讀者喜愛，更受到大讀者的青睞。

## 紙雕繪本藝術家 Charlotte Gastaut

最具代表性的插畫家，Charlotte Gastaut，一九七四年出生於馬賽。她畢業於巴黎高等美術繪畫學院（ESAG）。她的插畫職涯開始於為婦女雜誌繪畫插畫，二〇〇一年與作家 Giordia 合作出版了第一本繪本《Les Trois Arbres de la vie》（暫譯：生命的三棵樹），而 Charlotte 真正擁有自己的繪本作品是二〇一四年開始，《Le grand voyage de mademoiselle Prudence》（暫譯：璞登思小姐的大旅行）、《Poucette／拇指姑娘》和《Peau d'âne／驢皮公主》等，至今累積超過六十本出版品。Charlotte 在書中的人

Charlotte Gastaut 紙雕繪本系列：《Le lac des cygnes／天鵝湖》、《L'oiseau de feu／火鳥》、《Giselle／吉賽爾》

ENFERMÉ, L'OISEAU SE MIT À TREMBLER. IL SUPPLIA LE PRINCE DE LE LIBÉRER.
BOULEVERSÉ, LE JEUNE HOMME OUVRIT LA PORTE DE LA CAGE.
LE LAC DES CYGNES
Le lac des cygnes
D'APRÈS TCHAÏKOVSKY
ILLUSTRÉ PAR CHARLOTTE GASTAUT

物看起來很像她本人，苗條的身材、細長的臉龐和精緻的五官、杏仁狀的眼睛，還有擁有無窮盡的精力。

Charlotte 的父親是一位熱愛藝術史的醫生，在她小時候就說了很多故事給她聽。Charlotte 也從中累積了靈感。在且從瑞典籍祖母那裡，聽到的關於巨魔與侏儒的傳統故事，認識北歐藝術家 Kay Nielsen、朵貝．楊笙、林格倫還有 John Bauer。受到童年時期的滋養，Charlotte 選擇其創作大部分以經典故事為主，她賦予了它們新的生命，重塑了經典故事中的魔法世界，繽紛的色彩，身形細長女主人公穿著美麗的連衣裙，看似纖細柔弱，卻擁有反轉困境的巨大能力，場景看起來像中世紀宗教書裡的彩色裝飾。

作為跨越時尚和插畫界的插畫家，Charlotte 合作的品牌有：卡夏爾（Cacharel）、Diptyque、Fendi、Godiva、愛馬仕（Hermès）、歐舒丹（L'Occitane）、資生堂和梵克雅寶（Van Cleef & Arpels）。二〇一六年，Fendi 邀請她為其高級時裝上的花紋設計，她富有詩意和令人回味的繪畫成為了傑出時裝秀的焦點。此後，她敞開了時尚界的大門，二〇一七年，她推出了同名的絲巾品牌。

Charlotte Gastaut 的經典童話與芭蕾舞劇繪本分為兩個設計脈絡：童話是平面，芭蕾舞劇則採用雷射紙雕。其中紙雕繪本完全擄獲她在時尚界的粉絲的心，拓展了繪本讀者群。

紙雕繪本創作別於平面創作，需要考慮到鏤空技術，在此頁與後頁畫面重疊，以及後頁與前頁畫面重疊，讀者翻頁動作反覆中，創作人必須兼顧文字、畫面與故事情節都能讓讀者理解的能力，比平面作品更略為複雜。

二〇一二年首本紙雕繪本為來自柴可夫斯基的《Le lac des cygnes／天鵝湖》，Charlotte 利用鏤空透視，很單純的讓一段文字，在不同背景轉換，表現情節流動。二〇一四年，重新詮釋俄羅斯作曲家史特拉汶斯基（Stravinski）的代表作與成名作《L’oiseau de feu／火鳥》，在這本中的鏤空的表現更成熟，在翻頁過程中，兩個跨頁表現兩段情節。鏤空的中間頁在前後頁之中，其構圖著實地牽引前後兩個跨頁構圖設計。到了二〇一七年，Adolphe Charles Adam 作曲家的《Giselle／吉賽爾》在 Charlotte Gastaut 的創意下，更加入了描圖紙雷雕，在讀者眼前，精彩表現出女主角透明漂浮的鬼魂樣貌。

我們從這三部芭蕾舞劇改編的紙雕繪本中也可以看出 Charlotte 使用色彩的用心，《天鵝湖》的法國藍與霧金，《火鳥》中飽和度高的桃紅、黃色與土耳其藍，《吉賽爾》低彩度淺藍色、淺黃色、粉紅色等等。營造故事背景氛圍，人物身份與其性格，讀者都可以從這些巧思中，更進入繪本之中。浪漫又富於幻想的芭蕾舞劇，轉換到紙張上，仍能擁有扣人心弦的戲劇張力、風格優雅以及豐富多變的視覺。Charlotte Gastaut 的作品帶領讀者進入一個存在夢想、魔法、詩意的永恆世界。

## 傳統工藝的虔誠門徒 Michaël Cailloux

Michaël Cailloux，是一位版畫家。從小就對繪畫充滿熱情，總是不停地素描和塗鴉。他於一九九八年畢業於巴黎著名的 École Duperré 設計學院，致力於十八世紀的蒼蠅圖紋研究。Michaël 畢業後，與兩位夥伴共同創立 LZC 工作室，專門設計物件與布料圖樣，與許多知名企業合作，例如：Baccarat、卡地亞（Cartier）、Habitat、梵克雅寶（Van Cleef & Arpels）和 S.T. Dupont，探索新的創作領域。他也鑽研雕刻銅版、雕刻壁飾以及版畫，二〇一五年獲得法國版畫藝術家最高榮譽獎項 Prix Gravix。Michaël Cailloux 的版畫也應用在紡織品、壁紙和文具。二〇一六年，他為 Dior Home 首季系列設計產品，是一套完全手工繪製的撲克牌，以此向大設計師 Christian Dior 致敬。

二〇一七年，法國 Thierry Magnier 出版社出版了 Michaël 第一本繪本《Merveilleuse nature》（暫譯：驚艷大自然）。這是一本以藝術、設計與工藝為目標的「找找書」繪本。特別是在書衣上的設計，打開攤平之後，是一幅能掛在牆上的畫作！翻開書，第一個跨頁，標示出十二個月份中，作者要讀者在每個月的繪畫中，尋找哪些東西，例如，在一月（下雪的一月，怕冷膽小的兔子）的繪畫中要找出：一隻蜘蛛、數字一、一隻天鵝、九隻兔子、十一朵雪蓮、一頭北極熊、兩隻貓頭鷹和艾非爾鐵塔。接下來，每一個跨頁表現一個月份，讀者依循第一頁的提問，在每一頁尋找出來。

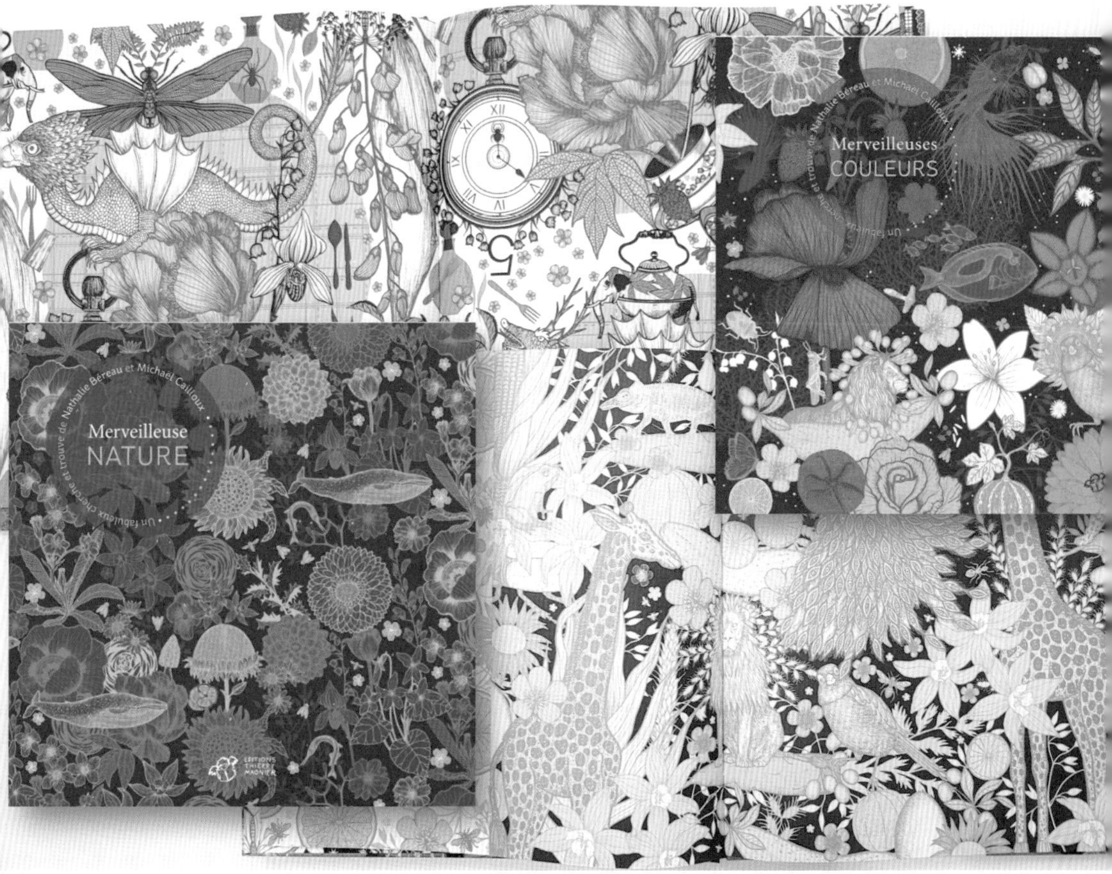


Michaël Cailloux 銅版雕印繪本：《Merveilleuse nature／驚艷大自然》、《Merveilleuses couleurs／驚艷色彩》。

二〇一八年，Michaël Cailloux的第二本繪本《Merveilleuses couleurs》（暫譯：驚艷色彩），每一頁是一個單獨色系，繪製了精緻的植物和動物。其中隱藏著一個謎底，作家Nathalie Béreau利用簡短的文字，創造一則則小巧謎語，引導讀者在欣賞顏色當中，多一層趣味。Michaël創作了一場色彩的盛宴，深入讀者的眼睛和心靈，如詩歌夢幻般的畫作，引爆了冥想沉思！也是一場迷人的催眠秀，驚奇美妙的色彩，不僅僅是一本繪本，而是漫步仙境。

喜愛設計的朋友都知道現代設計之父William Morris，他在十九世紀工業革命、機械大量生產廉價物品的潮流之下，提倡手工藝技術與手工物件是人類重要的文化資產，William Morris透過黃銅浮雕片刻畫設計的印花布和壁紙圖樣，對二十世紀影響深遠，對Michaël Cailloux更甚。《Merveilleuse nature／驚艷大自然》和後來的《Merveilleuses couleurs／驚艷色彩》即是使用此技法製作，再透過印刷產出的繪本。版畫是一門技法複雜、難度高的藝術，Michaël的手工刻印加上現代印刷，結合了傳統工藝與現代印刷術，似乎希望以此來提高繪本藝術價值，讓傳統工藝與現代印刷之間的衝突，化為和諧的共存。

這些繪本脫離了刻板印象，不僅跨界，更突破分齡潛規則。繪本可以是藝術創作，繪本是一門藝術。閱讀繪本，C'est chic！

圖片提供：童里繪本洋行

林幸萩。
接觸法歐繪本多年，曾任職信鴿法國書店十餘年，二〇一六年成立童里繪本洋行，引進法文和歐陸繪本，介紹給台灣讀者，努力讓閱讀面向更多元，有更豐富的趣味。

ou've Got Mail
ou've got mail
'Ou've Got MAil

# 《電子情書》的前世今生

## ——美國書業淺談

◎沈如瑩

二十二年的時間，對網際網路而言，是持續光速前進、將人類生活推進至難以想像的境界；而對書店來說，產業裡固然有起有落，但困難與挑戰卻從未曾稍減。

二十二年前，上一個世紀即將結束，經典愛情喜劇電影《電子情書》（You've Got Mail）上映，湯姆・漢克（Tom Hanks）與梅格・萊恩（Meg Ryan）這對銀幕情侶，繼《西雅圖夜未眠》（Sleepless in Seattle, 1993）後再次合作，搭上當時已逐漸在日常生活中普及的電子郵件通訊、網路聊天室，可說是未演先轟動，上映後亦創下超過兩億五千萬美金的票房。

這部電影敍述歷史悠久的童書店「街角的書店」（The Shop Around The Corner）老闆

凱瑟琳・凱利（Kathleen Kelly），因為大型連鎖書店福克斯（Fox）即將在旁邊設點感到壓力備至；與此同時，她以「shopgirl」為名在網上遇見了「NY152」，兩人相談甚歡，但「NY152」的真實身分，正是福克斯的老闆喬・福克斯（Joe Fox）。

既是喜劇，凱瑟琳與喬自然終成眷屬，但歷史悠久的街角書房卻走上熄燈的命運，當年的我並未做他想，但實際踏入書店這一行後，不免認同一些前輩和同行的憤憤不平：小書店才沒那麼容易投降。時至今日，小書店雖然同樣努力求生，但至少在店主的努力下，已經可以看見經營理念和模式的多元嘗試，反倒是如福克斯那般的連鎖書店，在網路（《電子情書》得以成立的基本條件）無限發展的環境下，在這二十年間發生了天翻地覆的變化。

## 曾經的兩大龍頭：邦諾與博德斯

若要談起美國連鎖書店，最具代表性的便是邦諾書店（Barnes & Noble，或譯為巴諾）和博德斯書店（Borders，或譯為疆界）。邦諾書店歷史相當悠久，一八七三年創立於伊利諾州，而且起初是出版社，一九一七年才在紐約開了書店。歷經一連串的收購、擴張及促銷策略，在《電子情書》上映時，邦諾不僅已是全美第一大實體通路，在網路通路的市占率也相當高。陳列單一、缺乏個性、大打折扣戰的邦諾，經常遭批評為扼殺獨立書店的兇手——事實上，邦諾就是福克斯書店的原型。

博德斯書店則曾一度是全美第二大實體通路，並於九〇年代晚期將經營版圖擴展至美國境外。根據網路資料，一九九七年和一九九八年，先後成立亞太博德斯（Borders Asia Pacific）和英國博德斯（Borders UK），在海外擁有大量分店。如此顯赫的身世如今寫來格外唏噓，因為博德斯已於二〇一一年時因業務持續惡化宣布破產，英國博德斯的四十五家分店更早在二〇〇九年就遭監管，此消息對當時的實體書業而言無疑是雪上加霜。

博德斯為何在短短數年間由跨國企業走向崩解？這問題還是得回到實體如何面對網路競爭的層面上。儘管對出版市場而言，通路愈多愈能增加與讀者接觸的機會，但美國與台灣的情況不同，相較於台灣的問題來自閱讀風氣貧乏，美國人的閱讀習慣頗為普及（可參考《書本也參戰》一書），市場規模龐大加上自由市場性格，於是實體和網路通路形成強烈的競爭關係，即使近年出版市場全球性的下滑也是如此。

## 強敵壓境：亞馬遜來了

創立於一九九四年的亞馬遜（Amazon），隨著網路普及而對美國連鎖通路形成巨大壓力，且除了販售紙本書外，更於二〇〇七年推出Kindle電子閱讀平臺，大有對實體通路挖

You've Got Ma
you've got mai
YOu've Got MA

根刨柢之勢。為了抵抗來勢洶洶的亞馬遜，邦諾與博德斯先後推出電子書服務，邦諾的Nook在二〇〇九年底問世，具備黑白和彩色兩段式螢幕；博德斯則投資了Kobo（即現在的樂天Kobo）和Libre，但這些閱讀器都未能撼動Kindle的市占率，甚至成為壓垮博德斯的最後一根稻草。

邦諾失去了一直以來的頭號對手，卻仍得面對亞馬遜的步步進逼，於是公司開始進行瘦身計畫，於二〇一四年起關閉部分分店，包括幾間旗艦規模的店面；二〇一八年更進行裁員，以省下據估計達四千萬美元的人事開支。但彷彿禍不單行般，執行長Demos Parneros無端遭解僱，後來才有消息指出是因為他涉嫌職權騷擾和霸凌。

這些情節若都寫進《電子情書》，為事業輾轉難眠的可能就不是凱瑟琳了。不過劇情總是要起伏跌宕才夠引人入勝，就在去年中旬，英國的水石書店（Waterstones）宣布收購邦諾書店。若要談起此收購案的特別之處，還得先介紹讓水石書店起死回生的靈魂人物——詹姆斯．鄧特（James Daunt）。

## 柳暗花明：邦諾復甦新契機

這則當代書店傳奇流傳已久。鄧特原是經理人，但對書的熱愛讓他辭去工作，成立鄧特書店（Daunt Books）。或許是專業的經理才能在書店營運上發揮作用，鄧特書店陸續展店，目前有九家分店。水石書店是英國的連鎖書店集團，幾經易手後，二〇一一年由居於倫敦的俄羅斯富豪亞歷山大·馬穆特（Alexander Mamut）買下，他邀請鄧特為在破產邊緣的水石書店進行大改造。

除了「節流」——裁員減薪——之外，鄧特最重要的措施，是將經營權放手給各分店，以及規畫完善的教育訓練，讓原本單調蒙塵的連鎖老店，搖身一變成為充滿活力、專業和在地性的獨特書店，營業額蒸蒸日上，在二〇一七年轉虧為盈，成為受到網路通路衝擊之下難得一見的異例，也印證了書店要生存，「專業」和「愛」絕對缺一不可。

二〇一八年私募基金股權Elliot Management看好水石書店的發展，從馬穆特手上買下大部分股權，不只請鄧特留任，甚至在收購邦諾書店時，邀請鄧特同時兼任兩大通路的執行長。消息一出，各方紛紛看好邦諾的未來發展，這間擁有超過六百間分店的老牌書業龍頭或許終於可以擺脫苟延殘喘的命運。

《電子情書》以小蝦米與大鯨魚的衝突製造浪漫能量，卻同時預告了實體通路面對網路時代的盛極而衰，二十年來美國市場上網路通路勢如破竹、電子閱讀遙遙領先，卻又幾度出現轉折：紙本書銷售止跌回升，獨立書店不斷嘗試發展新特色。當邦諾遇上鄧特，能不能譜出另一段喜劇收場的書店之戀，讓人引頸期待。

沈如瑩。
理科生、不自由工作者、超偏食影迷，擅長擺錯重點和放地圖炮。主修書店學，副修出版學程，守備範圍：撰稿、編輯、企劃、策展、零售空間規劃及營運，文章散見報章媒體。
Medium：https://ringshen.medium.com/

# 疫情下的閱讀

## ——歐洲書店生存之戰

◎陳瀅巧

二〇二〇年對各行各業來說，是標誌性的一年。這場尚未結束的疫情，不但是對「全球化」的一場測試，更是對當今人類生活方式的考驗。為了對抗疫情，崇尚個人主義與民主自由的歐洲國家，不得不在醫療體系幾近崩潰之際，祭出「封城」措施。雖然歐盟理應在防疫政策上視為一個整體，事實上，春季的第一次封城，與秋季的第二次封城，不同的國家卻在防疫政策上有顯著的差別。其中最大的差別，便是對於書店是否開放的政策完全不同。

### 民生必需 VS 非民生必需

封城後首先搬上檯面的，是對於書店是否為「民生必需」與「非民生必需」的定義之爭，各國多有不同。以比利時為例，春季第一封，除了超市與藥房等民生必需商店外，其他所有「非民生必需」商店一律關門，連同所有文化活動一併暫停或取消。然而秋季第二封，雖然疫情較春　季張狂，在博物館、劇院、圖書館一律關閉的情況下，書店竟得以被豁免為「民生必需」項目而繼續開放。

與此同時，義大利知名指揮家穆提（Ricardo Muti）寫了一封公開信給總理孔蒂（Giuseppe Conte），指出政府勒令關閉所有劇院與音樂廳，並對公眾聲明「文化活動」為「多餘的」（superfluous），不僅無知、侮辱了文化工作者，還造成社會集體智能低下。在法國，因疫情而岌岌可危的文化產業中，以獨立書店的抗爭最為劇烈。獨立書店業者，包括著名的莎士比亞書店（Shakespeare and Company）群起抗爭，以「Lire, c' est vivre（閱讀即是生活）」為口號，要求政府將「書店」列為民生必需項目，連巴黎市長也跳出來為書店請命。但是，在「每三十秒就有一人染疫」的現實壓力之下，法國內政部長決絕不允許任何書店復業，且一併將大型超市裡販售影音光碟與書籍的區塊封鎖，以示公正。對此，在法國歷史悠久的龔古爾文學獎（Prix Goncourt）也加入抗議行列，宣布在書店復業前，拒絕公布今年的得獎名單。

書店在封城之際被視為「民生必需」項目而開放，可否以「疫」謀「讀」，吸引平常不上書店的人走進書店？答案恐怕是否定的。然而，因為書店開放，卻讓許多現場活動得以線上直播方式繼續，對書籍的銷售，或有幫助。比利時書店斐麗館（Librairie Filigranes）一向以當代作家新書發表會，與週末的兒童讀書會聞名布魯塞爾，於第二次封城令中，所有活動改為線上直播，照樣服務讀者。而所有線上直播的書籍，在視頻下皆附上購書連結，方便讀者線上購書。

位於倫敦的老牌書店黑木丘（Heywood Hill）則推出了客製化書單的服務。讀者可以選擇一個月一本或多本書，訂閱後，由書店提供一對一的諮商服務，線上或電話皆可，針對個人需求與品味，由書店開出書單，每月寄送到府。當然，也可以送人。讀者不會知道當月收到什麼書，但是由書店每年閱讀超過五百本書的書蟲大隊量身打造的書單，絕對包君滿意。這項服務在封城期間衝出超越二〇一九年87%的銷售業績，讓書店擴增訂閱項目至「終身訂閱」——每個月寄一本書給你，直到你離世。

黑木丘（Heywood Hill）書店職員打包待郵寄的書籍。

Amazon.com
Amazon.com
Amazon.com

## 實體 VS 虛擬

這些生存之道，雖然多少拜疫情所賜，卻也讓人感到，網路基礎建設與普及率尚稱不上完善的歐洲，書籍銷售卻不得不開始與網路做更密切的結合（包括提升客製化服務的品質），而疫情下的眾多實體書店——無論是連鎖或獨立書店，也步上美國書店業的後塵，幾乎不再是亞馬遜（Amazon.com）的對手，新冠肺炎的疫情加深了這個危機。以線上書店起家的亞馬遜，本世紀初至今，逐漸將書籍價格廣泛壓低至低於市價４０％的程度，其銷售策略是放棄書籍利潤，吸引消費者購買其他商品，也就是說，巨大如亞馬遜，可以完全不靠賣書獲取任何利潤。但這種普遍性的折扣，卻是實體書店無法承擔的成本之痛。早在二〇一五年，美國的書店聯盟與作者聯盟便對亞馬遜提出反托拉斯的訴訟，卻無疾而終。如今，這股反對亞馬遜的浪潮，隨著新冠病毒席捲到歐洲。

對於歐洲消費者而言，上亞馬遜比價，已是生活日常，但這樣的生活日常，是否正在悄悄地改變消費者的思考模式，進而讓賣家必須依附亞馬遜而生存，使市場多樣性失去意義？今年六月，歐盟對亞馬遜的調查報告指出，無法證明亞馬遜於反托拉斯法規的違法情事，歐盟或許將查辦範圍縮減至某些產業，以求證亞馬遜以不當優勢謀取不當利益，其中，亞馬遜的書籍銷售正是眾矢之的。十月，德國決定對亞馬遜展開調查，徹查其邊緣化獨立商店的手段是否正當獲利。然而十月底，亞馬遜卻仍然在瑞典開幕了在地分公司。

在亞馬遜議題上，書店面臨的是所有獨立於亞馬遜之外的零售商所面臨的集體困境。然而，亞馬遜若是一股潮流，那麼，反托拉斯調查與強制徵稅，是歐盟唯一拿得出來的消波塊嗎？亞馬遜會不會僅是一隻代罪羔羊？歐盟長期面臨的網路普及率與網路人力成本議題在這次的疫情明顯浮上檯面。事實上，歐洲人傾向將問題回歸到觀念本身──書店為什麼必須和網路連結？實體書店所不可替代的功能在哪裡？為什麼必須上書店買書？書籍本身是一種商品嗎？──而非拿出實際行動改善硬體設施以備不時之需，造成目前許多歐洲獨立書店與讀者權益同時被犧牲掉的局面，而新冠肺炎僅是壓垮駱駝的最後一根稻草罷了。

昔日聖誕節前幾個月，往往是歐洲的書籍銷售旺季，文學獎開獎與新書上市，新書發表會與簽書會，讀書會與朗誦會，都是將讀者引進實體書店的誘因。英國水石書店肯特伯里店（Waterstones Canterbury）的書商拉罕（Martin Latham）在新書《書商傳說》（The Bookseller's Tale）裡寫道，他將再度「看見顧客瀏覽書背，打開書頁，閉上眼吸聞書香」。他甚至在顧客買書之後，給予一個擁抱──這種景象在英國今年十月份迴光返照的銷售旺季後，隨著十一月封城令生效，已不復見。

曾經，我們走進實體書店，書架上迎面而來的暢銷書、新書、促銷書，反映著讀者需求、書店品味、書店定位、社會思潮，甚至輿論方向。實體書店像是一個無聲的思想戰場，將形而上的概念具體化，送到讀者手上，進而反饋並推動讀者需求、書店定位、社會思潮、輿論方向，形成一個思想流動的過程。而這個「曾經」，或許便是網路書店無法替代的。

這個「曾經」，或許就是班雅明（Walter Benjamin）在《機械複製時代的藝術作品》（The Work of Arts in the Age of Mechanical Reproduction, 1936）一文中再三強調的「靈光」（Aura）——藝術作品所具備的無形力量與品質。作如是觀，實體書店本身可被視為一座小型的博物館、美術館、在地的文化中心，甚至一個正在發生也同時在逝去的文化語境。書商、讀者、店員、書籍、書店，全數參與這場即時創作，無論是有意識地或者是無意識地，共同完成一件藝術作品。這正是網路書店至今無法簡化的過程，也是歐洲人對實體書店的偏執所在。但如今，尤其是獨立書店在疫情下紛紛面臨破產倒閉的危機，就算疫情過去，也已無法在短時間復元。在歐洲防疫政策以「與病毒共存」為基調的情況下，要等到什麼時候，歐洲的作者、讀者、書商、店員才能脫下口罩，回到那個似乎遙不可及的「曾經」？

## 意識消費主義運動與 bookshop.org

網路購物的盛行雖然影響了消費者的購買習慣，意識消費主義運動（Conscious Consumerism Movement）的興起，卻無疑是消費者以其人之道還治其人之身的利器。

bookshop.org
bookshop.org
bookshop.org

如今，消費者只消上網搜尋，商品資訊便可以一目瞭然，足以左右消費者的購買意願。早在一九五四年，以研究公共選擇理論而獲得諾貝爾獎的美國經濟學家布坎南（James Buchanan）便在其論文〈投票與市場裡的個人選擇〉（Individual Choice in Voting and the Market）中便指出，個人的經濟參與即是純粹民主的形式——這與意識消費主義的提倡的「鈔票即選票」（Dollar Voting）概念不謀而合。

當愈多消費者願意有意識地決定他們想買什麼、在哪裡買、如何購買、和誰購買、為何購買，消費者便能夠正面影響生產者進行意識生產（Conscious Production）與公平交易，改善消費主義與過度消費的原罪——環境污染、童工雇用等等——從而使消費行為成為有正面意義的行動。這種消費者從被動消費、無意識消費、過度消費當中，重新奪回主控權的購買或不買（Buycotte），即是意識消費主義的外在表現：將購買決定與抵制或支持行動結合。

因此，同樣一本書，有些讀者寧願到自己喜歡的書店甚至該書店的網頁購買，而非上網比價後再行訂購，那麼書店便成為了傳達某種信念與價值的載體。讀者的購書行為，成為認同書店的行動，甚至被可視為一種政治行動。

二〇二〇年一月，久受亞馬遜壟斷書市的美國書店業，開設 bookshop.org，將全美兩百五十間獨立書店（目前已擴增至九百間）整合於該網站的銷售平台，讀者可以到個人支持的書店購買只有極小折扣或沒有折扣的書籍，利潤大部分交予獨立書店支持經營。沒想到，原本僅意欲對抗亞馬遜的 bookshop.org 因為新冠肺炎的流行，銷售數字一夕暴增，從二月份的一個月賣出價值五萬美金的書籍，到三月份衝上一天五萬美金的銷售額，六月一天一百萬美金。創辦人杭特（Andy Hunter）相信，bookshop.org 的成功，根基於讀者對獨立書店的熱愛，尤其是那些就在你家附近，或是開設超過一百年的老書店。

原本計劃二〇二一年在英國開設網站的 bookshop.org，也因為新冠肺炎的關係，趕在十一月便設站開張，快速導入美國經驗，以即時拯救許多岌岌可危的獨立書店，無論在地的或是偏遠的獨立書店，感謝網路的無遠弗屆，都可以加入這個銷售平台。藉由這個平台，讀者在購書的同時，也同時支援了自己喜愛的獨立書店，亦對抗了亞馬遜的壟斷，一舉數得。bookshop.org 的成功，便是意識消費主義運動最好的例子。若獨立書店可以因此生存下去，能否擊敗亞馬遜，也不會再是最重要的議題了。兩者的共存，或許對讀者／消費者而言，才是最好的結果。

陳瀅巧。
一九七六年生於台北。英國曼徹斯特大學社會學研究方法博士肄業，英美研究與社會學雙碩士畢業，主修二十世紀文化批評理論。二〇〇一年起旅居歐美各國，二〇一四年後暫居布魯塞爾。文學作品散見各報章雜誌，目前專事文化評論與文學創作。

Heywood Hill Shop front | 倫敦黑木丘書店。
圖片來源 | 黑木丘書店。

# 網路時代下的媒體數位敘事

◎簡信昌

二〇一二年，美國報業巨擘紐約時報推出了一個讓人驚艷的數位新聞專題——「雪崩」。結合了影片、動畫、文字以及各種動態解釋的形式，幾乎是開啟了近年來新聞全新一種數位敘事的視野，也啟發了許多編輯台思考如何運用不同的媒材來完成新聞的數位敘事。

「媒體即訊息」，是麥克魯漢對於傳播理論影響很深的一句話。在網際網路前的時代，各種媒體承載著不同媒材的形式，也會讓資訊傳播產生出不一樣的意義。例如報紙跟電視對於訊息的表現以及閱聽眾的感受也會有相當程度的差距。但是在網路時代，許多媒材之間的界線似乎就越來越薄弱。因為在網路上，不論文字、照片、聲音、影像都可以同時並存，或者有更多過去時代從來沒有被開發出來的表現形式，無論是360度環景、AR（擴充實境）或是VR（虛擬實境）等等，當然不只媒材的呈現方式，對於網路時代來說，線上多人的即時互動，也是可以作為一個重要的表現形式元素。

在二〇一二年的「雪崩」新聞專題之後，許多國內、外的新聞媒體也都不斷地嘗試複合性媒材製作出的新聞專題。例如卡崔娜颶風之後，就有新聞媒體透過許多影片，以及房子被破壞後遺落在各地的物件做為文本，將新聞報導或者透過專題網頁作為一個文件的展場，同時來讓讀者可以有更深的感受。

除了傳統的媒材之外，即時互動也是網際網路一項非常重要的特性。因此對於新聞媒體來說，也常常是拿來作為與讀者互動，並且加強讀者體驗的一種形式。就以筆者曾經服務過的兩個國內媒體「報導者」以及「READr」為例，都曾經透過網路小遊戲來讓讀者體驗報導中提到的急診室和雙北租屋族的狀況。

不過所謂新聞的數位敘事，也有許多迷思。例如同樣的內容同時以文字及影像或聲音產出，這樣的方式其實只是讓一樣的內容去接觸到不同的讀者族群，而不應該算是一種數位敘事的方式。所謂的數位敘事應該是透過各種媒材的特性，讓他們去表現故事中各個元素所需要的內容形式。

就以影像創作為例，我們總會去考慮什麼樣的影像會使用靜態的照片，而什麼樣的狀況之下會使用動態的影片。而且在使用照片時，我們也經常要去考慮什麼樣的片幅適合來表現我們想說的故事。例如用寬景的方式，或是正方形的照片。當然在動態的影像上，怎麼說好一個故事就有更多不同的變數。有時候，錯誤的呈現反而會影響一張好的照片或一部好的影片去表現出他們的內涵。

而數位敍事更是在這些元素之外，因此串連不同媒材的特性，去完成一個好的敍事就更是一個挑戰。其實就像一個弦樂四重奏，其中會有兩把小提琴，一把中提琴以及一把大提琴。但是當這四把樂器在演奏樂曲的時候，不可能是大家從頭到尾一直演奏一樣的旋律。而是會根據不同的樂曲表現，讓這四把提琴各司其職、配合得當。或者像交響樂團，各種樂器透過各自不同的特性表現，而完成一部偉大的交響曲一般。對好的樂曲來講，不單單只是旋律與節奏的表現，好的配器形式也是影響這首樂曲能否成功的一大重點。跟一個好的新聞敍事一樣，故事本身是很重要，但是對於故事中的每一個部分是否可以找到好的表現形式，也是影響故事能否說服讀者的另一個關鍵。

不過數位專題的製作，其實是非常耗時費工的。尤其在這個新聞媒體經營越來越困難的時代，雖然有不少新聞媒體依然對於這樣的敍事方式有很高的興趣，但是在考慮成本與讀者接受度之後，通常會讓很多值得製作的故事喪失這個機會。而在新聞媒體找出其他經營模式的出路之前，或許還是只能看到媒體的小規模實驗吧。

簡信昌。
網路新聞媒體實驗 READr 總編輯、程式設計師，信仰開放原始碼與開放文化。攝影師，希望透過照片討論想法。半路出家做新聞，以理工方式思考資料以及網路技術演變帶給數位時代新聞的改變。

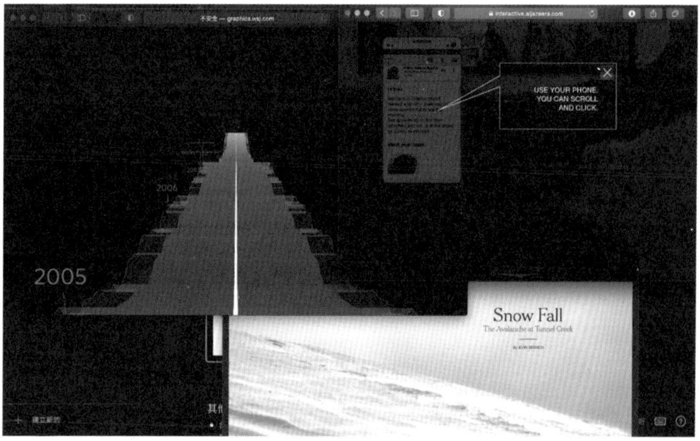


上圖：新聞遊戲是一種利用網路特性而產生的一種讓讀者「體會」新聞的形式。
下圖：自從2012年紐約時報的「雪崩」之後，數位敘事形式的專題在各大新聞媒體百家爭鳴。

攝影｜張蓓珍｜Vannes-le-Châtel

# 3 重量出版。

runo
atour

# 你我不住在同一星球上。

## 關於著陸，我們想聽到的是……

◎陳榮泰

「你們想要在哪裡著陸？又想要和誰住在一起呢？」

讀者若已讀過《著陸何處》一書的兩個問句，大概也準備好要去參加今年的台北雙年展了吧？布魯諾・拉圖（Bruno Latour），這位被法國媒體戲稱為「學術界的傻瓜龐克」，此次換上策展人頭銜，打算把美術館變成天象廳，用藝術構想一系列現正上演的地緣與社會衝突。

發生衝突，未必是因為不同的個人或族群對同一件事有不同觀點。在聯合國氣候高峰會上，格蕾塔站在川普後頭直視著他，這幅迷因化的媒體畫面與其說顯示雙方對氣候變遷是否進入緊急狀態有著極為不同的見解，倒不如說它反映出兩人所代表的族群感覺到自

《巴斯德的實驗室：細菌的戰爭與和平》；拉圖。2016，群學出版。

已賴以生存、卻正在流失的某些東西（或者用「土壤」一詞通稱），其實根本不是同一回事。川普與格蕾塔住在不同土地上，牽掛著不同事物，欲捍衛的也是不同的生存空間。在此意義下，拉圖藉由兩人的對比，把雙年展命名為「你我不住在同一星球上」。

不過，此時此刻不少台灣觀眾心中恐生疑惑：「那個，拉圖老師，你確定我們就一定跟你住在同個星球嗎？」也許拉圖已料想到這個他無法回答的問題，更何況還要用華語，因此才預先託付群學，出版《著陸何處》的台灣譯本。

拉圖曾研究過十九世紀細菌學初現的歷史。當時，法國公衛學家很快就接納了非本行的巴斯德，甚至在細菌假說仍有待解疑義之時，便已奉他為共主（詳見群學出版的《巴斯德的實驗室》）。拉圖從這段歷史得出一個小結論：對話時，聽話者要是立刻聽懂並接受說話者講的事情，不只願意幫忙推廣，甚至還加料發揮，那麼這溝通的神效多半該歸功給聽話者。因為聽話者從中聽到他想聽到，卻不見得講得出的話。反之，當說話者發覺言者諄諄，聽者藐藐，那麼他只能試著換不同方式說（如果他仍有想讓人聽懂的意圖），持續試（但不保證成功），直到聽者從中聽出自己想講，卻仍找不到詞彙的話。

拉圖過去的工作很大一部份便是在盤點現代世界裡有多少種「把話說好」的方式，同時他似乎也不斷嘗試不同表達方式，向科學家、工程師、法律人、宗教界、藝術工作者，

《面對蓋婭：新氣候體制八講》；拉圖。2019，群學出版。

乃至所謂的公眾說話。

不過對台灣公眾而言，重點倒是我們想從拉圖的訊息中得到什麼。許多人大概不會期待讀到一本申論氣候已進入緊急狀態的動員手冊。畢竟要是環境議題可以引發類似傳染病爆發的急切感，大家早就動員起來了。因此更大的謎題反倒是，為何聽到氣候、生態、環境等同樣攸關生存的緊急警報，大家卻不行動。這便是拉圖前一本著作《面對蓋婭》想探問的主要問題，書裡花了不少篇幅處理現代人對環境議題無感的根源，尤其是宗教上的根源。

在《著陸何處》一書裡，「地緣政治」一詞恐怕更吸引我們的目光。地緣政治，這不正是台灣數十年來唯一牽掛的問題！透過這道密語，我們或許會聽到從拉圖那兒聽到一些我們想聽或者……有點違和的訊息。

在書中，拉圖提出一則有點聳動的假說：過去四十年全球各地日益擴大的經濟不平等，和本世紀以來不斷變形的氣候懷疑論、否定論或「靜待其變」論，兩件事其實是一件事。為了「證明」這假說，他設想了一個情境：上世紀八零年代初，少數的西方富裕菁英其實便從其他人（科學家、經濟學家、環保份子）那裡得知全球環境出現嚴重變化；過去促成經濟發展的物質已發生變化，不再是任人取用的資源，反而變得極為不穩定，對人

# 地緣政治

## Bruno Latour

為行動常有過敏反應。這些反應不只限制發展，很快還將威脅到自己的生存。總之，他們私底下早就知道均富的願景只是海市蜃樓，眼前更要緊的是保護自家財產。

不過，這些富裕菁英並未向大家報告壞消息，共商解決之道；相反地，他們選擇的策略卻是在多數人發現之前搶得先機，積攢足夠的保命物資。於是他們鼓吹去除管制的經濟政策，極速擴大的貧富差距因此隨之而來。當然，「庶民」也感受得到這種掠奪式經濟帶來的危險，當他們發現自己的生計受到威脅，自然也得想辦法保護自己，於是只好投靠聲稱會保護他們的反移民保守政府。

要理解近年民主國家遭遇到的政治困境（貧富差距擴大、種族或國族主義又起），關鍵可說在於氣候或生態的劇變，亦即生存所需物質條件的質變。這也是為什麼拉圖要在2016年川普上任美國總統、稍後又決定退出巴黎氣候協定之際，寫下這本書。在拉圖眼中，川普是第一位把氣候問題明確擺到地緣政治核心位置的國家元首。只不過，他是用「否認」的方式，承認當前的政治問題實屬氣候問題：為了他所承諾的「美國利益」，他必須拒絕巴黎協定。否認不是無知，反而是深知承認後面對的挑戰，將遠大於重振經濟。

拉圖說他這本書是「政治小說」。之所以是小說，因為他還沒有足夠證據證明此假說。然而小說有個好處，便是容許受觸動的讀者做進一步詮釋。儘管小說常被當成「虛構」，但仍有虛實之別。小說的虛實不取決於是否和現實對應，而在於能否激起讀者的主觀感受。這不是說小說的好壞但憑主觀，而是說，一部不空洞的小說，就像飽滿的、真正的藝術創作，能使讀者產生一種「主體性」，覺得作品「比現實還真」（哪怕只是幾個線條、幾顆球），並樂意繼續擴展、創造其意義。

《著陸何處》一書確實激起歐洲讀者的主觀感受（原著出版於二〇一七年，三年間已有二十種語言的譯本，多數是歐洲語言，據說光在法國便賣出二十萬本以上）。或許該把原著的讀者模樣說得更清楚：他們多屬（時間或經濟上）稍有餘裕的階級，念過大學，會買書（而且是有點硬的人文社科書），看德法公共電視台，聽法國廣播文化電台，重視社會正義價值，對鄰國或國內「種族主義」或「民粹」勢力抬頭感到憂心；他們可能也關心生態議題，知道必須要改變生活方式，但還限於上小農市集或騎腳踏車上班的程度……簡言之，就是常被貼上「左派」標籤的「進步」人士。

既然拉圖要向他們提出其政治假說，選擇川普這位「歐洲公敵」當作對話基礎，便也頗為合理（更不用說，法語人士一聽到「川普」〔Trump〕便聯想到他「騙人」〔trompe〕）。不過，儘管書裡談到川普時口氣跟多數歐洲人一樣不假辭色，拉圖卻稍稍做了點調整，幫川普（作為某種政治選擇的象徵）加上一個歐洲讀者陌生的獨特性：川普主義者其實比所謂的進步左派更敏銳，因為他們知道連一般老百姓都已發覺均富的全球世界只是夢

# 川普主義

幻泡影。在這樣的情況下，繼續高舉依附在全球化形象的普世理想或價值，並無法吸引選民，反而只會顧人怨。因此，當進步左派仍勉強面朝一個已經消失的共同世界從而感到進退失據之時，川普主義者已提早轉了九十度的彎，不再談共同世界，而是建立門禁社區，維護自己人的現實利益。

川普式的現實主義是有拉力的，目前看來，拉力恐怕大於虛幻的「全球」。不過，川普主義有個弱點。儘管它承認新地緣政治的核心問題正是土地本身（土地變得對人類行動很敏感，地緣政治從而不再只是人類在經緯網格上的分疆劃界，而是考驗各族群能否應對土地提出的挑戰），但為了維護舊地緣政治的利益，又必須否認此問題，於是只能做出一個極為魔幻的宣示：對，氣候緊急狀態是真的，土地確實既脆弱又危險，但所有的災難只會發生在你們的土地上，我們的不會！

《著陸何處：全球化、不平等與生態鉅變下，政治該何去何從》；布魯諾・拉圖。2020，群學出版。

拉圖把川普主義推出的「全球」替代品稱為「離地」，以強調這種採取脫逃策略的現實主義所需的物質條件：逃到這樣的（非）土地若非不可能，至少也得打造極為昂貴的維生設備，以便活在植物工廠、加護病房或太空船裡。況且，「你們」和「我們」的界線是按主權國家界線武斷畫出的，既忽略國境內不同人所需的維生條件（或拉圖所謂的「生活地域」）各自有別，也預先切斷跨越國境內外的生活地域。

如果有其他選項，感覺遭受全球願景背叛的民眾，未必會選擇爭搶離地太空船的限量船票。這便是拉圖下的賭注：（前）進步左派若要對抗離地，便也應該回到現實，和所有感到生計、生活與生命受威脅的人，一起找地方著陸。前提是，著陸方案要比離地方案更現實，亦即，必須體認著陸的地方還不存在，這塊空間得由所有想著陸的人依據各自依附的維生條件，一線一劃勾勒出來，並在這過程中，逐漸辨識誰是我們想要共同生活的夥伴。由於著陸、在地化或對生活地域的描述，無法依靠大台指揮，只能由下而上逐步構成，從而必定很緩慢、艱困，且衝突不斷。然而在新地緣政治情境裡，這種以協商和自我描述為基底的實踐至少提供一個替代選項，既回應安全保障的需求，又還能保有打造共同世界的一線希望。

在特定情境向特定聽眾提出的假說和建議，除非經過詮釋，否則別處聽眾未必有感。因此，與其把《著陸何處》當成大學者的普世建言，不如當成受邀訪客的自述，供台灣讀者與觀眾評估自己與作者的距離。作為結語，此處便起個頭想像拉圖提倡的自我描述（即書中的「陳情書」，譯成「哭呻冊」或許更傳神一點）可能有什麼在地用法，至於本書更有趣的在地意義，便留待讀者發揮了。

二〇二〇年一場不期然的全球傳染病把台灣和歐洲分成兩個世界。為了令禁閉在家的民眾稱羨，法國媒體強力報導台灣人幾乎一如往常的生活。但事已如此，拉圖提議法國人乾脆趁經濟失速列車驟然停住的時候記錄一下，在所有停擺的事情中，有哪些是自己希望疫情後不要重新恢復的，並且像防堵病毒擴散那樣，設想讓這些事無法「回歸常態」的措施。台灣人因為對疫情的快速反應，既免掉封城的折磨，也不用罰寫這類面壁反思的功課。

不過既然我們深知成功的秘訣在「超前部署」，那麼不妨在別人罕有的愉快旅程中，也來超寫一下作業——比如在長榮Kitty「類出國」繞行台灣的航班上，乘客在享受機上美食和機窗藍天的同時，也可以拿起筆記試試：如果這趟航班果真名副其實「沒有目的地」，亦即它將不會回到原本的台灣，那麼在汽油尚未用完之前，自己會描繪出哪個想著陸——也許更令人自豪的台灣？

陳榮泰。
目前就讀於法國社會科學高等學院，偶爾會做些翻譯工作。

# 未來盡顯於過去之中

## ——讀愛特伍《證詞》

◎莊琬華

加拿大作家，也是享譽國際的小說家瑪格麗特．愛特伍（Margaret Atwood），日前獲頒戴頓文學和平獎（Dayton Literary Peace Prize）終身成就獎，讚辭如此寫道：「鮮少有一位作家，對於其所處時代中極為緊迫的社會正義與生態議題的關切與發聲，能同時獲得普遍而嚴謹的敬重，且廣受贊同。更少有的是，她能預見我們即將到臨的未來，以及我們如何一步步走向錯誤。而最罕有是，她能夠舉重若輕，以博學而易懂、合乎道德卻具諷諭、仁慈而幽默的風格來完成。瑪格麗特．愛特伍超過五十年的筆耕，已成為少有人能及的頂尖作家。」

愛特伍的寫作其實最早可溯及六歲，即已開始寫劇本與詩。她對文學的愛好，或者可說承自家庭影響。她的母親曾是營養師，父親是昆蟲學家，長年在魁北克北方的蠻荒森林裡做研究，愛特伍的童年有大半時間就是在森林中度過，這也影響她日後對於生態的關注。一家人離群

索居，書籍自然是最佳良伴。到十二歲她才接受全時的學校教育，也嶄露對文學的愛好，拚命閱讀各類型文學作品。到十六歲，她非常確定自己要走專業寫作之路。一九五七年出版第一本詩集之後，累積至今，出版作品包括十七部詩集、八部短篇小說集、十七部長篇小說、八本兒童文學、三本圖像小說，以及評論、散文、劇本等非虛構作品約十部等，其中尤以小說為創作主力，諸如《女祭司》（Lady Oracle, 1976）、《夢斷長夜》（Bodily Harm, 1981）、《使女的故事》（The Handmaid's Tale, 1985）、《強盜新娘》（The Robber Bride, 1993）、《雙面葛蕾斯》（Alias Grace, 1996）與《盲眼刺客》（The Blind Assassin, 2000），以及後來的《末世男女》（Oryx and Crake, 2003）、《洪荒年代》（The Year of the Flood, 2009）與《瘋狂亞當》（MaddAddam, 2013）、《死亡之手愛上你》（Stone Mattress, 2014）、《美麗性世界》（The heart goes last, 2015）。另外還有參與計畫寫作改編《奧德賽》的《潘妮洛普》（The Penelopiad, 2005），與挑戰莎士比亞的《血巫孽種》（Hag-Seed, 2016）。這些作品多數已有中文版。

然而，還有一部為了「百年圖書館計畫」而寫，我們此生無緣得見的《Scribbler Moon》（2014）。這部作品封存於奧斯陸圖書館中，只有百年之後的讀者才能知曉書中內容。我們不禁會問，百年後這部小說能否仍吸引、打動未來的讀者？書寫的主題是否不會消融在時間之流中，仍對彼時有所意義？

然而，當我們此刻回看愛特伍最知名的《使女的故事》，這本一九八五年出版的反烏托邦小說，時空背景是「不久的將來」，以宗教為名的團體推翻美國政府，建立了極權統治政體，女性重新被工具化，不論是統治階級的妻子，負責生育的使女，或者從事一般勞動的馬大、經濟太太等等，在嚴密的控管下皆無權發聲。當時愛特伍也曾明言，所寫之事「當下皆已發生」。在三十年後的今天，書中階級、性別的箝制，竟與此時此刻的世界狀況並無二致。美國總統川普上任後頒布的嚴格墮胎禁令，好萊塢爆發性騷擾與性侵醜聞，促成全球反性騷擾的MeToo運動，種種呼應，意外使書中使女的裝扮——白色帽子、紅色衣裝——成為重要的抗爭象徵，許多歐美女性參與性別議題抗爭時，會身著相同樣式的服裝。即使愛特伍說小說靈感來自於十七世紀清教徒的價值觀，對婦女地位嚴重低落的反思，映現在書成之後的三十年，「她能預見我們即將到臨的未來，以及我們如何一步步走向錯誤。」在在應證了小說家的清明之眼，也許她早已預見百年後的世界。

只是任憑讀者望眼欲穿，愛特伍早已表明並無意願書寫那位進入黑色廂型車的使女奧芙弗雷德究竟會遭遇何種命運，是否順利逃出基列。《使女的故事》出版三十三年後，愛特伍以八十高齡（她的創作活力總教人忘記她的年齡，不過或許這不重要，她的時間非以平常計）續寫出《證詞》，不禁讓我們好奇，她又會帶給我們甚麼樣的預視／示。

在《證詞》中，愛特伍依然以女性為主要發言者，由三名身分各具代表性的女性輪番呈現的

證詞（如同《使女》，證詞的展出是在基列亡國之後的研討會上），分別是掌控女性教化大權的嬤嬤、受大主教家庭撫養的少女艾格尼絲、在加拿大成長意外成為兩方圖騰的少女黛西，透過這三個角色，展現權力、階級、教育、意識、生育、成就、反抗、馴化、自由、夢想、意志等等交織出的繁複人生與世界，而繁複中又見細膩，雖然未見她向來多變的寫作技巧，但愛特伍信手捻來故事一氣呵成，已出神入化的寫作功力盡展無遺。

而唯一承襲《使女》的角色——麗迪亞嬤嬤，是極巧妙的安排。當我們在《使女》中看到奧芙弗雷德記述麗迪亞的諸多「訓示」，例如：「所謂正常，就是習慣成自然的東西。眼下對你們來說，這一切可能顯得有些不太正常，但過一段時間，你們就會習以為常，見怪不怪了。」又或者「你們之後的世代就容易多了，他們會心甘情願接受自己的職責，你們是過渡的一代，所以最難熬。我知道你們要做出什麼樣的犧牲。」不難產生疑問：她的世代呢？不也是使女們的世代？不也曾經歷過女性自由的時刻，為何她能對這樣的壓迫泰然，並成為極惡政權的幫兇？

偶爾，「她臉上又出現那種乞丐一般低三下四、戰戰兢兢的媚笑，呆滯木訥的眼睛眨巴著，目光朝上，透過圓形鋼邊鏡框，投向教室後面，似乎那兒漆成綠色的石膏天花板正緩緩開啟，上帝正站在珍珠牌香粉堆成的雲端，穿過重重鐵絲網和噴水器向我們走來。」

雖然反派角色總是讓人咬牙切齒，可是愛特伍自然不會輕易落入善惡二分。一如她後來在《環球郵報》發表的文章中所言：「女人也是人，既會有聖人之舉，也會做出惡魔般的行徑。」而這樣的行徑，卻又可能是為「更高遠的目的」，不論那是否只是鏡花水月。

在《證詞》中，她讓我們看見麗迪亞嬤嬤的「養成」過程，基列建國之前，她身為法官，甚至可以讓人聯想到RBG——露絲．拜德．金斯伯格的形象，她的名言是：「身為女性，我從未要求過特殊禮遇，我只希望社會上的男性弟兄們不要再將腳踩在我們的脖子上。」而當麗迪亞面臨兄弟們的腳狠狠踩下之時，反應是選擇了相信新政權「會帶我們走進更加美好的世界」，或者，更簡單——活下來，即使心裡清楚明白，這只能是新壓迫形式的藉口。

午夜夢迴之際，她也要為自己辯白：「這個人生是我別無選擇的結果。……幾十年透過種種勉強餬口的工作，費盡力氣才在專業上爬升到這個位置，我一直盡我所能公平公正地發揮那個角色的功能。我在我這行的實踐框架中，為了改善這個世界而奮力不懈。……我自認活得正直不阿；我認為自己的德行會得到適度的喝采。」只是在這個企圖以「道德」和「宗教」創造完美烏托邦、處處充滿暴力、恐懼、悲傷和失落的世界裡，憑藉才識而在求得一席之地，然而她的學識教養，卻也讓她無法徹底欺騙自己，無視不擇手段的醜惡，「為了替必定到來的道德純潔世代打造出潔淨的空間，過去那些腐敗染血的指印必得抹除。可是在這些沾血的指印之中，有些是我們自己的，而這些指印無法如此輕易地抹消。」最後她留下一疊疊的紀錄，留待歷史論定。同時，也提供了極權政體基列之所以消亡的過程與原因。

但一如書名「Testaments」蘊含了多重意義，在接受〈時代〉雜誌專訪時，她如此解釋：「Testaments，有不同的意涵，包括遺囑／新約與舊約／見證者的證詞，所以，可以說蘊含了見證／意志／我正在述說真相。」這三要素同時展現在書中三名敘述者身上，麗迪亞嬤嬤或許是最複雜的，然而要究明真相，勢必要加入另外兩個角色，以及最重要的——愛特伍。

這次，她不預示，而是秉持她向來的精神——你必得仔細回看過去，才能看見未來。

莊琬華。天培文化主編。毫無節制的積讀者。

《證詞：使女的故事續集》；瑪格麗特．愛特伍。2020，天培出版。

# 不只是凝視

## ——聽人類學家說故事，側記左岸 vs. 浮光民族誌系列講座

◎孫德齡

「人類學基本上就是一門聽故事的學科，重點是聽完之後，怎麼處理這些『人』的故事。」而民族誌，其實就是人類學家說的故事；更精準地說，是人類學家如何對待他人生命的紀錄。「所以民族誌很容易暴露出人類學家的真實性格、他與報導人的互動，還有他選擇記下什麼、不記什麼。」左岸 vs. 浮光民族誌系列講座第一場的講者方怡潔，一開始就點出民族誌私密的互動性質。

二〇一七年，左岸開始在原有的人類學書系之外，拉出一條民族誌方向的選書。誌，其實就是一種記事的文體，但不知是否「民族誌」這三個字看起來有點學院、有點冷門、有點偏，讓人不自覺築起了閱讀門檻（也或許，是讀者就自動把它歸到少數民族偏遠小島的奇聞軼事那一類了？），而忽略文本本身的精彩，與寫作者研究之外的意圖。所以

我們想找人來聊一聊這些民族誌。二〇二〇年秋天，左岸跟浮光規畫了幾場讀書會／講座，我們挑了幾本民族誌，從中拉出「性別」這個主題、並為每本書定下一個關鍵字；找了幾位不同面向的講者，來跟大家好好地說故事。清大人類所的方怡潔老師，研究移民、工作、性別、社會變遷，講的是《桑切斯家的孩子們》；作家許菁芳，念的是法律和政治，和大家談《跳舞骷髏》；精神科醫師、同時也是人類學學徒的吳易澄，則是帶我們討論《卡塔莉娜》。

## 從人與人的關係，標誌出一個獨特的世界

「民族誌本身就是一個很特殊的文體。它好像有一定的劇情、一定的節奏，它有故事性，可是又跟一般的小說不太一樣。它是用一種比較故事性的方式，引導讀者進入對社會關係、社會脈絡的理解。」所以某個角度來說，民族誌是學術的，「可是它不太像一般社會科學著作那種比較框架式的、比較冰冷的書寫。民族誌會從有血有肉的故事中談出這個社會比較關鍵的關係。」易澄借用了人類學家Paloma Gay y Blasco和Huon Wardle《如何閱讀民族誌》（How to Read Ethnography）一書中的說法，「民族誌作者透過民族誌裡的人物、或一些特定的關係，指涉一個更廣的社會型態，甚至標誌出一個獨特的世界。」

「關係」，是我們替《卡塔莉娜》設定的關鍵字。（註1）而易澄的破題，提供了一個

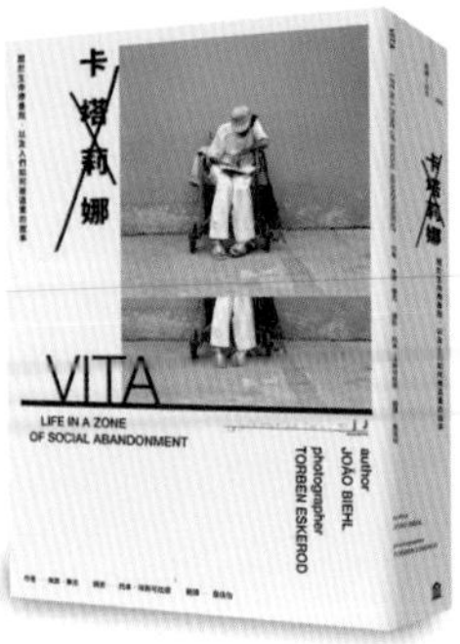


《卡塔莉娜：關於生命療養院，以及人們如何被遺棄的故事》；朱歐．畢尤。2019。左岸文化。

閱讀民族誌的脈絡：從人與人的關係，窺見一個更廣、或許也更獨特的世界。比如卡塔莉娜。

《卡塔莉娜》這本書寫的是巴西漁港一間名為「生命療養院」的收容機構，以及院中那群被棄者的故事；卡塔莉娜是故事的主角。「這本書雖然是講卡塔莉娜，好像只是在講一個人，可是你讀下去就會知道，它不是只在講一個人，它觸及的關係就像一個同心圓式的，從個人、手足，一直到家庭，再來是一個社會，最後甚至討論國家。」人類學家朱歐．畢尤（João Biehl）透過追溯卡塔莉娜的生命史，一步步帶出一九九0年代劇烈變化的巴西社會。

《卡塔莉娜》採多線敘事，易澄扣著「關係」這個主題，帶出一個個概念，引導我們跟著作者的思考角度閱讀（或是理解）這本書。第一個概念是「常識」。

「畢尤這本民族誌的主軸不單是講卡塔莉娜本身，他想要凸顯卡塔莉娜所生存、所存在的那個處境脈絡，她是在什麼樣價值觀的社會下生存？被拋棄？畢尤用了人類學家紀爾茲『常識』的概念。common sense 就是共通感，就是一個社會運作的常規，而卡塔莉娜可能就是在這樣運作的過程中被拋出去了。」身為精神科醫師的易澄，進一步詮釋常識的概念，「這就好像社會上看待一個人是不是『正常』的判斷準則。作為臨床醫師，一個精神科工作者，我也常常依賴這種知識體系來判斷一個人是否『正常』。這就是我們常說的診斷標準。」

「社會性死亡」是這本書另一個重要的概念。「為什麼要說『社會性』死亡？我們都知道死是什麼意思，一個人如果失去了醫生說的『生命徵象』，他就是死了。但在這本書中，當卡塔莉娜不再具有社會功能，她所經歷的那個被拋棄的過程，畢尤形容這也是進入了死亡的階段。意思就是，她的生命中人性的部分、人可以得到尊嚴的那個部分，其實在她還沒有嚥下她生命最後的氣息之前，就已經失去了。」

「她是活著的，可是在她進入生命療養院之後，她就死了。畢尤用『社會性死亡』這個詞帶出，死亡，其實也是很社會性的。」

與「社會性死亡」呼應的，是「前人類」（ex-human）。畢尤形容他們是「一種困在可見與不可見、生命與死亡之間的人類」，易澄進一步點出性別在其中的殘忍。「我覺得這裡很重要的一點是，一個人的功能喪失後，他／她就沒辦法擔負他／她所被期待的社會責任；而更殘酷的是，這跟他／她的性別角色有絕對的關係。因為在那樣的父權社會當中，一個女性在家庭裡會被賦予一些特殊的責任，她必須要去做她該做的事，可是當她的功能退化，就不行了。」

從書中卡塔莉娜自己說的一段話可以看出，她是一個有自主想法的人，所以當她進入婚姻關係、當她進入「妻子」這個角色，她做了她覺得在家裡應該做的，但她也想要展現自己。「在（身體）發病的過程中，卡塔莉娜逐漸失去功能，她可能會挫折、可能會難過，她也可能會情緒激動，可是卻都被用一種疾病化的眼光看待了。」在這裡，易澄提到自己臨床上的經驗，「這其實很常見，我的意思是說，這不光是卡塔莉娜的故事，我在診間常常看到這種狀況。在家庭關係中，性別權力比較失衡的情況下，女性在父權的框架中承受很多壓力，使得她有一些情緒症狀。可是當她有情緒症狀的時候，很快就會被coding（編碼）成一個有情緒疾患的人。當她被疾病化之後，又會進一步被污名化，比如她是憂鬱症，她可能就是要為她自己憂鬱症負責的人，彷彿她所承擔的那些外在的壓力就不存在了。」「然後身為一個憂鬱症病人，你好像就必須每天乖乖吃藥，你必須管理好自己。你要做一個順服的病人。」

易澄的經驗回應到畢尤在《卡塔莉娜》中所描寫的卡塔莉娜，「他發現卡塔莉娜的生命故事，好像就是這樣一點一點被抹除了，然後被重新寫成一個病例裡面所呈現的，一個病人的角色。」談到這裡，易澄其實又點出了另一個書中重要的概念：「被精神病化」。

易澄點出一個個書中的關鍵概念，並分享書中相應的段落，為我們重新梳理出理解這本

卡塔莉娜，生命療養院，二〇〇一年。托本・埃斯可拉德（Torben Eskerod）攝。

書的脈絡。這種導讀的方式其實反映了民族誌一個相當重要的特色：細節。

## 細節，會讓人感同身受；會讓人開始思考

「我覺得民族誌最精采的地方是呈現了細節，會讓你感同身受，會讓你開始想：如果我是他，我會怎麼辦。」民族誌是一種充滿細節的文類，有時甚至顯得嘮叨瑣碎。這幾場講座有個有趣的共通點，講者總是會一直引述書中段落，已經看過書的讀者也會不自覺地開始分享書中文字，可能是自己印象最深的、最喜歡的，或是最有感的。

嚴格說來，《卡塔莉娜》重點並非精神疾病，但書中諸多的細節仍讓易澄延伸、並回應

了身為精神科醫師的他在臨床上的經驗；我們替《跳舞骷髏》設定的關鍵字是「母親」，但作者德特威勒描述的細節中讓菁芳最有感的，反而是「同理」的可能，或不可能。

《跳舞骷髏》是體質人類學家凱瑟琳・安・德特威勒（Katherine Ann Dettwyler）在西非馬利研究兒童營養與健康的田野故事。德特威勒在馬利主要的工作，就是到處去量小孩子的身高體重、問媽媽們餵孩子吃什麼，因為她想知道當地孩童在斷奶後的成長狀況，以及營養跟兒童成長的關係。其實，光是題目設定本身，就充滿了文化差異下的偏見——誰說，營養跟兒童健康必然相關？

「小孩該吃多少、吃什麼，其實是一個文化上的問題。不只是給小孩吃什麼，還包括大家覺得小孩子應該吃什麼，以及你怎麼讓小孩子吃東西。在我們的文化裡，大人會追著小孩餵飯，小孩不吃大人會很緊張；可是在馬利不是。」菁芳提到書裡有段描述媽媽一整天不在，她留了食物在家，回去後發現小孩都沒吃，媽媽只是很無奈地說，他就是不喜歡吃東西。「『他就是不喜歡吃東西』這句話在我們的文化裡是很少見的，我們的媽媽會說，『我沒有問你喜不喜歡吃，不喜歡吃也得吃。』」

跟營養相關的另一個議題，是死亡。馬利的母親必須頻繁面對孩子的死亡、甚至不知道他們為什麼會死，只知道孩子「就是長不大」。在書裡一段田野紀錄中，德特威勒寫到

《跳舞骷髏：關於成長、死亡，母親和她們的孩子的民族誌》；凱瑟琳・安・德特威勒。2019，左岸文化。

自己訪談當地母親的懷孕生產史，問她們生了幾個小孩、死了幾個、幾歲死的，還有死亡原因。問到最後，她不解的是母親們的反應，「她們怎麼能受得了？」

「質疑母親為什麼不難過，前提仍是假設母親一定會難過。」菁芳一層一層點出這種質疑的盲點，比如我們忽略了，或可能根本無法想像，死亡在當地有多頻繁——面臨死亡的頻率跟年紀不同，對生命可能會有不一樣的想法。再者，難過一定要外顯嗎？表現出很難過才是有愛嗎？此外，這同樣有不同文化下的性別問題：當女人就是得生、當她沒有辦法控制自己的身體，「那她為什麼一定要有難過的情緒？」

這一系列講座，每一場我們都在報名時設計了兩個問題，讓讀者在報名時有機會先想一想，也讓講者可以在講座時有更好的回應。這一場的兩個問題，答案乍看「理所當然」，其實微妙點出了這場的重點：「天下的媽媽都是一樣的嗎？」、「能否給一個你生活中的例子，描述何謂同理？」第一個問題，我們「當然」會回答「每一個媽媽都不一樣」，可是我們是否仍會不自覺地認為，所有的媽媽都應該是一樣的？因此才會有《跳舞骷髏》中，人類學家跟馬利母親們那些讓人哭笑不得的故事、人類學家的疑惑思考，以及當她跟當地助手間的對話。但「《跳舞骷髏》是一個很棒的範例，德特威勒透過對話跟故事，把那個社會的情況描述給我們看，一層一層挑戰我們習以為常的事物」。透過細節，我們直接看到了「不一樣」，也直接看到同理的困難。「我們覺得理所當然的事，在別人眼中並不一定理所當然。」

## 介入的觀察者？

《跳舞骷髏》的作者也是個母親，討論時有位讀者問到：當人類學家面對一群可能因為營養不良餓死的小孩，她該做些什麼嗎？人類學家應該是客觀的觀察者，還是可以（或必須）有積極的行動？

這是人類學家恆常會面臨到的難題，這三本民族誌也分別引出了不同層次的討論。

該不該插手干涉母親照顧孩子的方式？《跳舞骷髏》的作者德特威勒有過兩次不同的反應，第一次發生在她初次造訪田野地。她初次到馬利做研究時，遇上了一位不吃東西的小孩，當時孩子母親以為她是醫生（畢竟她到處在量小孩的身高體重），就請她到家裡看看自己的孩子怎麼了，為什麼不吃東西。德特威勒寫到她替孩子做了檢查、量了基本的身體數據，同時花了一個多小時告訴這位母親，孩子可以吃什麼、該怎麼讓孩子吃。第二次發生在六年後，德特威勒剛開始也是有點雞婆，甚至對孩子的母親大發脾氣，但在仔細思考過整體情勢，特別是孩子和母情的狀況後，她放棄了。她在書裡寫下，「我必須硬下心腸接受他的處境，告訴自己他就是一個注定會失敗的努力。……達烏鉬教會我要慎選戰場，不僅要提防自己花太多時間心力在無可轉圜的事上，還得定好事情的緩

《桑切斯家的孩子們：一個墨西哥家庭的自傳（新版）》；奧斯卡・路易士。2020，左岸文化。

急先後，這樣或許能藉由我的研究，讓自己對於減輕馬利孩童營養不良做出些許貢獻。擔心達烏鞞其實幫不了他，抓著他母親不放也不行，因為他母親連自己也幫不了。」

「我到底該不該介入這麼多？」德特威勒給出了幾種不同的答案，也不吝寫出她「真實」的掙扎思索。菁芳也點出，與當地人的互動，其實是影響她決定該怎麼行動的重要因素。所以，我們能說她沒有積極行動嗎？

《桑切斯家的孩子們》則是從作品的形式上，就開始討論「介入」這個議題。《桑切斯家的孩子們》描述的是一九五〇、一九六〇年代、墨西哥城的貧民窟，它描述的是在那個社會經濟急遽變化的時代，一個只有一間房間的家庭的故事。原作成書於一九六一年，人類學家奧斯卡・路易士（Oscar Lewis）想要嘗試一種既「科學」但又能「栩栩如生」呈現貧民窟居民生活的表現方式。他用了當時剛開始流行的錄音機，完整錄下他與報導人的對話，再將自己的問題刪去，只留下報導人的話語，編輯成這本如同小說般的民族誌。《桑切斯家的孩子們》全書除了導論和後記，完全看不到人類學家的影子，現身的只有這一家的五位主角：五十歲的父親赫蘇斯・桑切斯，以及他的四個孩子——三十二歲的長子馬努埃爾、二十九歲的次子羅貝托、二十七歲的大女兒康蘇薇若，還有二十五歲的么女瑪塔。

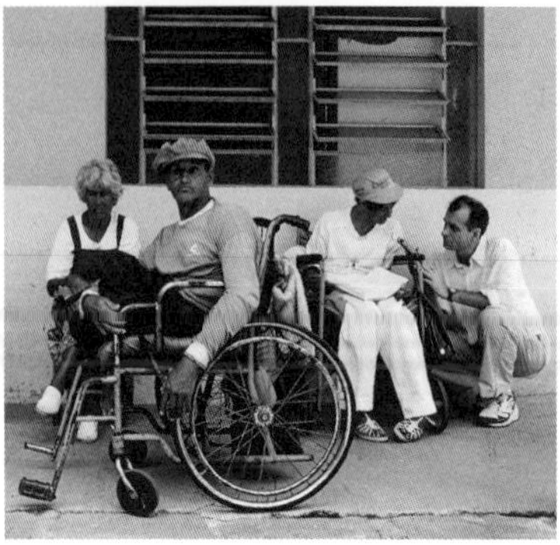
由左至右：盧爾德、伊拉夕、卡塔莉娜，和畢尤，生命療養院，2001年。托本・埃斯可拉德（Torben Eskerod）攝。

可是人類學家真的不存在嗎？其實從書中五位主角敘述的故事，我們會不自覺的揣測路易士究竟問了什麼問題；而父親赫蘇斯在終章對政府和工會的批評，其實也呼應了怡潔在講座最後提到的，路易士本人藉由這本書發出的提問。「路易士其實問了一個很社會主義式的問題，就是我們成立了一個社會主義國家，到底對工人的處境有沒有幫助？我們成立了工會，到底有沒有真的賦權工人？」路易士的介入可以說幽微，但也可以說更直接，他讓這整本民族誌成為一份行動文件（或許也因此，卡斯楚才會說此書「價值遠勝於五萬冊政治文宣」），「他透過細節，透過有意識地提問，讓我們更清楚知道，這些活生生的人怎麼經歷社會主義下、團結主義裡的差異。」

《卡塔莉娜》的介入則分為兩個層面，一個是人類學家跟報導人的關係，一個是行動。

「除了跟家人、跟社會，或是跟國家的關係，我覺得《卡塔莉娜》還有一個很重要的，是作者畢尤跟卡塔莉娜的關係。這是很特別的。我們寫民族誌，有時候會刻意把自己書寫者的身分抹除；有時候為了客觀，我們會盡可能把我們的角色最小化。」

「可是畢尤在寫這本書的時候，並不避諱寫出他跟卡塔莉娜的關係、他跟卡塔莉娜的互動，就像這段『雖然沒出現反移情作用，也沒有性吸引力產生，我想，但暫時聽夠了。人類學家並不是百毒不侵。』他甚至把自己的感覺也都寫下來了。」

卡塔莉娜的埋葬之地，2001年。托本・埃斯可拉德（Torben Eskerod）攝。

那卡塔莉娜呢？「卡塔莉娜一直想要重新找到一種新的連結，跟人的新的連結，這個時候畢尤出現了。畢尤自己就很清楚地寫道，『要讓被棄者接觸到願意無限度聆聽自己說話的人，就各方面來說都不是簡單的事。但之所以這麼做，不是在實現他們無意識中期望（無論如何都算固有期望）發生的遭遇，也不是讓人類學家取代之前的各種精神形式。相反地，是透過尊重及信任，讓一片新的領土被開創出來——在這片領土中，基本的生活問題得以呈現，而原本對時間及意義的主動性管理，也在追求人際連繫的同時得以表現。』這一段，好像正回應了卡塔莉娜在一開始聽畢尤講話時對他說的，『你是標記時間的人。』」

《卡塔莉娜》另一個重要的介入，是畢尤本身的行動。「這個作者並不是一個冷眼旁觀的人。他很特別，他直接成為一個行動者。畢尤想要幫忙，他努力去找卡塔莉娜的病歷，想要為她做些什麼，事實上他的確也為她做了很多。如果今天不是畢尤的話，我們可能不會知道卡塔莉娜實際上生了什麼病，畢尤的介入後來甚至讓她的小孩也可以有資源，去進行下一步的行動。」

「我們可以說，如果今天沒有畢尤的出現、沒有這本民族誌，卡塔莉娜的生命史可以說就不存在了；剩下的就是那些病例，就是那些破碎的、不被當成一回事的字典了。」易澄認為，這本民族誌提供了一種反向的敘事，「在某種意識形態的定義下，卡塔莉娜就是一個生病、退化的、不負責任的人，但這本民族誌把作者所看到的現實，重新填補回去。」「像這樣的一種反敘事，我覺得是他對整個精神醫療敘事的抵抗。」

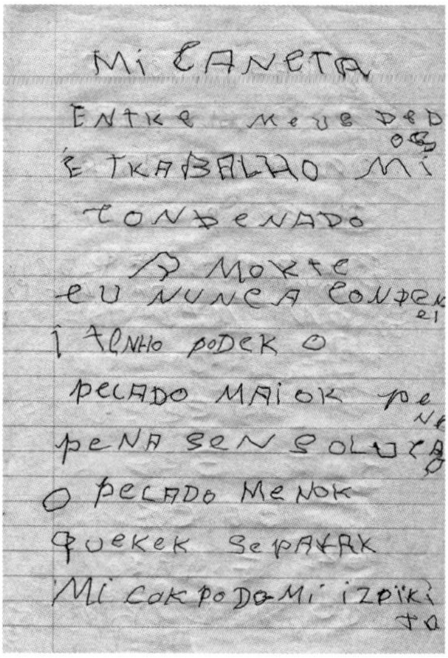

卡塔莉娜的「字典」。

## 介入，因而也是抵抗

我們為什麼要介入，而不只是旁觀？從《跳舞骷髏》、《桑切斯家的孩子們》到《卡塔莉娜》，三位作者不同的介入，其實是人類學家不同方式的抵抗；民族誌，是他們工具，也是武器。

規畫講座之始，我們期待能透過進一步的引導、討論，帶出民族誌好看之處。幾場下來，談出的，似乎更多。透過三位講者的導讀，我們更加深入每一本民族誌的細節，也如同怡潔說的，藉由不同的敘事策略，我們彷彿理解了人類學家的選擇與意圖，我們彷彿也進入了田野現場，而有了讀者與作者（甚至是報導人）的進一步互動。

民族誌是什麼？民族誌很難嗎？易澄在講座中引用的人類學家Philippe Bourgois在《介

入的觀察者》（Engaged Observer: Anthropology, Advocacy, and Activism）推薦文中的一段句子，或許很適合作為這三場講座的小結：

> 民族誌作者無法預設去為世界上被社會排除的人代言，但透過書寫來對抗不平等卻是勢在必行的。譴責不公與壓迫並非一種天真、老掉牙的反智考量，也不是一種過時的全觀的馬克思主義。相反地，這是一個知識的歷史關鍵的挑戰，因為全球化已經已經成為軍事入侵、市場致使貧窮以及生態破壞的同義詞。如果不去關注形塑不平等的權力關係，我們便不可能了解世界各角落到底發生了什麼事。

「不光是凝視，他們總是覺得，自己應該要伸出手。」回應怡潔在第一場講座提到的，他們似乎也試圖透過民族誌，把這樣的「應該」，帶給了我們。

註1：
本系列講座替《卡塔莉娜》規畫了兩場，第二場由中研院民族所副研究員、法國分析空間學會臨床精神分析師彭仁郁主講，關鍵字是「言說」，講座時間為十一月十七日，因而未及納入本篇側記。

孫德齡。
左岸文化主編，主要負責人類學與精神醫學路線，偶爾涉及社會議題、歷史、人物等領域。

張蓓珍。
玻璃工作者，現居法國。愛散步，喜歡的景色就會拍下來，當作紀錄。也是種證明：那光影那色彩那線條的確存在。獨一無二，剎那永恆。

攝影｜張蓓珍｜Saulxures-lès-Vannes

# 4 論述，以及創作。

# 「我到底看見什麼？」

## ——從希維特到大衛林區，影像如何招喚日常神秘劇場

◎陳潔曜

……所有趨向黑暗，
無聲、騷亂、抹去。
——《戲》（Comédie, 1963），貝克特（Samuel Beckett）

### 「我到底看見什麼？」
### ——希維特和大衛林區的神秘交會

將希維特（Jacques Rivette）和大衛林區（David Lynch）放在一起，乍看之下風馬牛不相及、十分詭異，兩人不僅相差近二十歲，身屬不同世代，兩人更於現實世界不曾交集，前者身為「法國新浪潮最前衛的導演」，六八學運後以極貧即興電影，於二〇一六年逝世前，一直為小眾藝術電影之謎樣人物，後者於九十年代開創風靡世界的美國影集《雙峰》（Twin Peaks, 1990-91），成為大眾文化不可忽略的潮流人物，不僅跨界出唱片、推動

靈修，至今七十四歲，仍在YouTube樂此不疲發表網路影片；然而儘管種種差異，希維特和大衛林區的電影創作，卻冥冥暗藏一種風格連結，共鳴一種從日常探索神秘的藝術／精神，這也是為何頗具盛名的紐約林肯中心電影部門（Film at Lincoln Center），於二〇一五年策展〈林區／希維特〉（Lynch/ Rivette），意圖探索兩位導演的神秘交會。

對比家喻戶曉（還是聲名狼藉）的詭異大衛林區，希維特其人、其電影，一直難以被普羅大眾甚至影迷影癡普遍認識，除了導演生性低調、不喜宣傳之外，其晦澀、近無劇情的電影，動輒長達三到四小時，甚至可達名列世界最長電影之一的十三小時，常讓最死忠的影痴和最純粹的藝術影院也望洋興嘆（在此不禁佩服甫閉幕的二〇二〇年第二十屆高雄電影節，以勇氣和魄力，推出六部希維特傑作的回顧展）。希維特橫跨五十年的藝術電影，不論其艱難內容還是前衛形式，入門門檻之高，讓他在創造新浪潮的《電影筆記》（Cahiers du cinéma）「五虎將」中——除了他還包括高達（Jean-Luc Godard）、楚浮（François Truffaut）、侯麥（Éric Rohmer）和夏布洛（Claude Chabrol），成為最後成名、最不被了解和最難以討論的電影作者，因而被譽為「新浪潮最神秘的導演」。

雖其作品充滿困難度與缺乏能見度，希維特可說是統領新浪潮理論和實踐的精神領袖，誠如安妮·華達（Agnès Varda）所言，希維特是個重要導演，且別忘記他還是個具有影響力的影評人。希維特影人生涯的最大轉折之一，為其年輕時代交會傳奇電影思想家

——安德烈・巴贊（André Bazin），「我一生中唯一讓我有聖者印象之人」，巴贊延攬希維特入〈電影筆記〉，希維特可說成為傳承、延展並開拓巴贊思考的首要影評人。如在巴贊以四十歲青壯之齡愕然去世之後，《電影筆記》主編傳至古典文學專家侯麥，於阿爾及利亞戰爭時，侯麥欲把持中間偏右平衡保守路線，被極左的高達聯合楚浮，發動「友情性質政變」，成功推舉希維特為新主編，傳遞巴贊所言：「電影美學將是社會性的，不然電影將超越美學。」六十年代的《電影筆記》自此從某種「政治美學化」（esthétisation de la politique），翻轉至一種「藝術政治化」（politisation de l'art），不僅共振當代藝術介入社會之思想，更預言了風起雲湧之六八學運。

希維特與巴贊的關係，首先可說兩者共同浸淫於戰後時代精神（Zeitgeist）——歷經人類浩劫後，嘗試在新自由主義宰制或馬克斯無神烏托邦之外，另闢第三條路徑。巴贊傳承思想家艾曼紐・穆尼埃（Emmanuel Mounier）之「人格主義」（personnalisme），於〈精神〉（Esprit）哲學期刊創建其電影本體論，以一種帶有宗教情懷的天主教「異端」（dissident），開拓一種「反人類中心主義」（anti-anthropocentric）、「反美學主義」（anti-aestheticism）之幽徑，成為其為義大利新寫實主義辯護的思想基石；希維特對《電影筆記》以至於新浪潮蔚然興起的最大貢獻，可能是其如何異想天開，以雄健之筆寫下當今已成經典之影評，融會看似水火不容的羅賽里尼（Roberto Rossellini）義大利新寫實和霍克斯（Howard Hawks）好萊塢古典敍事，並信仰「攝影機作為鋼筆」，試以電影創作結合矛盾——企圖將尚雷諾（Jean Renoir）的詩意寫實日常即興，碰撞希區考克（Alfred Hitchcock）的古典類型故事快感，如此探索生命神秘與敘事法則的張力，可說從理論到實踐，統合新浪潮「右岸派」（《電影筆記》「五虎將」）和「左岸派」（如非《電影筆記》出身的雷奈 Alain Resnais、華達等），成為一整代電影人探索藝術與生活關係之命題。

也就是一種對生命神秘與敘事法則的叩問，終成法國新浪潮希維特與美國獨立電影大衛林區之神奇連結。一九九八年，已經三十年不寫影評的希維特，特別在媒體選出影響其創作的十五部電影，其中無意外有羅賽里尼、霍克斯、希區考克等其景仰大師電影，也有高達、布列松（Robert Bresson）、皮雅拉（Maurice Pialat）等其同代作者傑作，然而令人跌破眼鏡的是，希維特只選了一部當代電影——大衛林區的《雙峰：與火同行》（Twin Peaks: Fire Walk with Me, 1992），希維特坦承他沒有電視，從沒看過《雙峰》影集，然而看到這部奇片卻驚為天人，「我不知道發生什麼事情，我到底看見什麼？我只知道出了戲院，我像靈魂出竅，飄忽離地遊走！」宛如穿梭陰陽魔界的體驗，希維特最後宣稱這是「影史最瘋狂的電影」（le film le plus fou de l'histoire du cinéma）。

從兩人如此奇妙交會出發，我們可以試著爬梳兩位不斷好奇探索生命神秘的導演，如何共振一種風格對話，密藏一種精神聯繫，如兩人對劇場原始性的冒險探索，對翻轉敘事規則的不斷嘗試，兩人如何共振一種對城市靈魂之憂鬱注視，此篇書寫希冀能拋磚引玉，激發碰撞出更多關於兩位如謎導演的探討。

## 招喚原始劇場
## ——《Out 1》的上古悲劇即興，到《雙峰》的遠古魔女降臨

近達十三小時（七百七十五分鐘）之《Out 1》，可說多方面表現了希維特電影創作之特色。首先是其令人驚嘆的播映長度，相比希維特其他作品常以三、四小時長度讓人望之卻步，這部電影更名列於世界最長劇情電影，讓這部奇片維持一種傳說似的神祕感——影迷都知道其存在，卻極少人真正看過。一九七一年此片攝製完甚至沒法於巴黎上映，只在北方小城利哈佛（Le Havre）作朋友間的電影界播放，希維特後來剪了一個四小時二十分之「短版」，然而卻乏人問津；這部傳奇電影曾飄洋過海，排除萬難於北美首映，然開場觀眾卻只有二十餘人，而真正看到最後的更寥寥無幾。近年有幸拜科技之賜，影癡終能看到數位修復版，在家觀看這部包含十三片影碟的奇片。

《Out 1》可說是希維特風格轉型的關鍵顛峰之作。六十年代中，希維特拍攝爭議性的女性解放題材——《安娜凱莉娜之修女傳》（Suzanne Simonin, la Religieuse de Diderot, 1967），與保守電檢搏鬥一年，得歐洲知名度後大獲商業成功，卻造成導演創作的重大危機。這部電影為片廠製作，必須一板一眼、照劇本一字不漏按表拍攝，接近他年輕時《電影筆記》不留情面、大肆韃伐的傳統片廠程式電影。在此危機時刻，希維

特正好接下拍攝其恩師導演尚雷諾的紀錄片，尚雷諾三十年代詩意寫實的日常即興，和五十年代劇場虛實辯證的探索，給希維特當頭棒喝的靈感，讓他展開接下來三十年的極貧即興、虛構現實影像創作……

希維特的危機時期正好共時於翻轉法國一切價值的六八學運，可說位處其一代人轉變的關鍵分嶺點，希維特於一九六九年《瘋狂的愛》（L'Amour fou）即展現其和上一部片廠規格長片之徹底決裂——以幾近沒劇本的日常即興，交錯劇場排演的真實虛構，展開可能毀滅一切的情愛探索，而兩年後的《Out 1》更可說導演將其日常即興與劇場排演兩種風格交錯，發揮極致，達到近十三小時的淋漓表現。

劇場性，尤其是劇場排演過程，可說是從希維特一九六〇年第一部長片到二〇〇九年最後一部電影，橫跨近五十年魂牽夢縈的主題，而在《Out 1》得到一個極為純粹的展現，電影主要講述兩個劇團排演「悲劇之父」艾斯奇勒斯（Aeschylus）之古希臘戲劇，以致影片可說有一半的時間，也就是可用近六小時的驚人篇幅，以超長鏡頭表現戲劇排演中的即興過程；對希維特而言，劇場性與其說是美學問題，不如說是一種精神儀式，這也是他為何雖創作最前衛的實驗電影，一生卻對最古典的戲劇情有獨鍾，被朋友譽為「地表最強的高乃依（Pierre Corneille）專家」；古典戲劇對希維特與其說優美表達亞里斯多德《詩學》的三一律，毋寧說可追得更遠，是一種招喚原始的人類儀式，這也是為何希維特在《Out 1》中，特別引用貝克特荒謬劇場《戲》中，一段可怕的段落——「……

所有趨向黑暗，無聲、騷亂、抹去。」宛如瞥見一種神秘的暗黑命運，希維特似乎以當下生活即興作為方法，探討如何與荒謬無意義共存，於招喚原始儀式中，如何在有意識演出和無意識即興交錯之間，恍然神秘精神性的超越潛能。

以一種原始劇場的神祕招喚，希維特與大衛林區可說密藏一種跨越海洋的影像精神聯繫；希維特電影招喚其成長歲月迷戀的古老戲劇儀式，以每個人都可為之的當下即興，碰撞上古希臘悲劇流傳至今人類存在命運。若說希維特生活長河電影之秘密，關鍵在於「即興」，大衛林區創造影像之奧秘，關鍵則可能在於「冥想」，這個美國導演似企圖招喚比古希臘更為久遠的自然神秘，意圖回溯其童年生活圍繞在蒙大拿州原始森林之夢幻經驗，以冥想連結遠古自然之神，當今文明之鬼。對比希維特異想天開，以近十三小時的《Out 1》招喚上古悲劇的當下體驗，大衛林區更以宛如「十八小時的長片」——《雙峰：回歸》（Twin Peaks: The Return, 2017），淋漓創造當代面對自然之神崩潰下，超現實人間夢魘……

大衛林區似以冥想，於《雙峰》二十五年的長河冒險，創造當代連結自然和超自然的驚悚圖像劇場。這部影集可說映照大衛林區大起大落的美國（噩）夢，從第一季之征服全世界電視機的現象級成功，到第二季羞辱性質的全面慘敗，到電影版《雙峰：與火同行》之毀譽參半，大衛林區後以七十歲高齡再次出擊，於《雙峰：回歸》再次驚駭網路世代。《雙峰》之連結原始自然與陰陽魔界的宇宙劇場，來自大衛林區於拍攝時期的當下冥想，如導演在拍攝第一集之現場，看見一名不知名助理在羅拉帕瑪（Laura Palmer）閨房搬運家具，突然靈機閃現，讓這個助理飾演神秘鮑柏（Bob），自此創造出一個世紀末駭人的墮落邪靈——一個任意穿梭文明時空，讓凡人極惡附身的魔界使徒。大衛林區更在拍攝時期，偶然在一個美好的黃昏，不經意碰到汽車車頂溫暖的觸覺，突感到一種招喚，進而在影集創造出超越生死、不知位於天堂還是地獄、宛如無路可出、封閉劇場的「紅屋」（Red Room），其中，純真天使和誘人魔鬼不斷為人類命運搏鬥，如此從潛意識到魔幻宇宙之超展開視野，使得《雙峰》擺脫黃金時段八點檔通俗劇類型，成為一段看似光鮮美國夢天堂下的穿越地獄之旅。大衛林區於《雙峰：回歸》更將超自然神秘推向更為原始，也更為駭人之境。超越「紅屋」之外，林區更招喚五千年前的大地之母，茱蒂（Judy），這個本來沉睡的自然之神，卻在人類核爆中甦醒過來，大地之母翻轉成復仇魔神，展開不可思議詛咒的蠱惑……在茱蒂怨靈淫威下，卻有一個宛如古典劇場的天堂空間，其中守護巨人試圖拯救毀滅悲劇……大衛林區預見了人類光電烏托邦，一個原始自然力量反撲的衝突劇場，以結合無意識的冥想，創造了瘋狂的超現實寓言或神秘的超自然預言，讓手機世代年輕人，可能宛如希維特驚呼：「我到底看見什麼？」

自然之神，文明之鬼，大衛林區與希維特以劇場儀式招喚，前者以冥想潛意識，回歸原始森林之神秘，後者以即興無意識，碰撞千年流轉的存在戲劇。

## 翻轉敘事規則
### ——《莎蓮與茱莉浪遊記》的藍色蜜糖，到《穆荷蘭大道》藍色鑰匙

許多研究將希維特被譽為「新浪潮最前衛的導演」，他卻也可能是「新浪潮最古典的導演」；希維特的古典文學涵養，可說與有文學教授資格的侯麥難分軒輊，如他在《Out 1》，即和侯麥拋棄〈電影筆記〉主編爭奪「政變」的嫌隙，邀請侯麥飾演一位巴爾札克（Honoré de Balzac）專家，然而希維特身體力行，似比侯麥更專注探討古典文學和現代電影之複雜關係，例如他三度改編兩百年前現實主義的巴爾札克，大膽拍攝三百年前啟蒙時代狄德羅（Denis Diderot）之反教會，他並安排其電影角色排演四百年前古典主義的拉辛（Jean Racine）、近五百年前文藝復興的莎士比亞（William Shakespeare），和兩千多年前希臘悲劇的艾斯奇勒斯，希維特更親自於劇場導演過高乃依、拉辛（於1989年）與狄德羅（1963年）。希維特嘗試以前衛手法改編古典作品，例如《Out 1》即是改編巴爾札克的《十三人故事》（Histoire des Treize），然手法卻十分自由，一方面，《十三人故事》是作者最後放棄的計畫，許多故事不了了之，另一方面，希維特利用這部小說計畫設定－十三人宛如共濟會（franc-maçonnerie）之地下團體，用以發展電影背景——十三個有志青年之祕密結社，其野心動機、密謀計畫、偏執理想與失敗迷惘，一貫展現希維特一種當代青年純真理想蒸發，存在主義的荒謬焦慮，尤其表現了六八學運一代於迷失中的追求。然而希維特以前衛手法處理古典文學最淋漓盡致的展現，或者說顛覆，則應屬其緊接《Out 1》後更為異想天開的電影－《莎蓮與茱莉浪遊記》（Céline et Julie vont en bateau, 1974）。

希維特試圖以女性自主的生活即興，衝撞男人古典敘事，尤其在其《莎蓮與茱莉浪遊記》得到可說是瘋狂（folie）之展現。電影以兩個巴黎女子相遇為開端，一個是自由不拘的女魔術師，一個是壓抑拘謹的圖書館員，兩女攜手展開闖進男人敘事的奇異冒險－希維特似乎企圖以《愛麗絲夢遊仙境》衝撞亨利．詹姆士（Henry James）之古典謀殺故事，兩位現代女子經由吃下神秘藍色蜜糖，引發奇幻魔法，穿越時光回到十九世紀陰森大宅，試圖解救在經典文學中被謀殺的女孩，進而以女性自主的歡愉自在，翻轉男人敘事的暴力快感。

若說希維特迷戀古典文學，導演更好奇的或許是，如何翻轉經典敘事；為此希維特發展出一種獨樹一格的實驗方法：如何於創作過程，與女性角色一起即興創作，我們於是可以看到，字幕上名列《莎蓮與茱莉浪遊記》的編劇，並不只是傳統寫下紙本劇本的作者，如專業編劇或導演本人，更包含電影中演出的四位女演員，因為如此天馬行空之敘事，正是拍片現場當下，導演與女演員一起丟本，自由發展的奇想創造；眼尖的影迷更可以在字幕看到，希維特從不自稱為傳統的「電影導演」（réalisateur），而是宛如劇場的「場面調度導演」（mise en scène），因為他堅信，電影是其與演員、工作人員一起於當下創作，不是只有一人的專制，以致我們可看到希維特從第一部長片到最後一部，五十年來都堅持自稱「場面調度導演」。《莎蓮與茱莉浪遊記》作為希維特與女演員共謀的瘋狂冒險，以女性自主翻轉男人敍事，被學者認為終成為大衛林區《穆荷蘭大道》（Mulholland Drive, 2001）的先聲。

若《莎蓮與茱莉浪遊記》於六八學運後以兩女歡愉自主，翻轉男人敍事暴力，《穆荷蘭大道》則於千禧年到來，以兩位女主角之情慾冒險，顛覆好萊塢霸權宰制。被BBC稱為人類二十一世紀最偉大的電影，《穆荷蘭大道》卻以恍如荒謬劇場的奇詭不明，讓任何觀眾或許都像希維特碰見林區電影自問：「我到底看見什麼」，然而所有人都可能同意，這是關於兩個女人如何在好萊塢闖蕩，外表如天堂般燦爛的肥皂劇明星夢，轉眼一變成為牛鬼蛇神、蛇鼠一窩的駭人真實美國（噩）夢。若《莎蓮與茱莉浪遊記》以女人神奇的藍色蜜糖，作為除魅男人敍事暴力的魔法，《穆荷蘭大道》則以讓所有觀眾迷惑的神秘藍色鑰匙，於古典敍事法則的對面，開啟夢的潛意識密道。藍色鑰匙在電影中象徵連結兩個女人愛恨情仇，大衛林區以兩女一起的性、愛、死，潛意識之多樣危險暗黑情慾，顛覆男性主體的好萊塢敍事愉悅；若《莎蓮與茱莉浪遊記》的希維特以一種六八世代的自由晃蕩，開啟性別解放，《穆荷蘭大道》的大衛林區則以一種千禧世代的冥想，「睜著眼睛作夢」，以夢的邏輯翻轉好萊塢。

## 憂鬱城市靈魂

## ——《巴黎屬於我們》之暗黑花都，與《橡皮頭》之噩夢天使城

希維特的花都巴黎和大衛林區的天使城洛杉磯，雖都不是兩位導演生長的原鄉，卻是他們首部長片發生的起源，一個承載憂鬱靈魂的存在劇場。希維特出生於法國北部人文薈萃的城市——盧昂（Rouen），不但是文學家福樓拜（Gustave Flaubert）之故鄉，《包法利夫人》（Madame Bovary）的故事背景，更是戲劇家高乃依的原鄉，聖女貞德（Jeanne d'Arc）火喪之地，前者可說為前衛希維特一生崇拜的古典作家，後者更讓導演回到盧昂，在地拍攝《少女貞德》（Jeanne la Pucelle, 1994）。為了電影著迷，希維特自述，「在法國，影癡只有一個地方可去，巴黎。」二十一歲來到花都，馬上加入拉丁區的影迷俱樂部，與侯麥、高達、楚浮等重度影癡一見如故，他和楚浮無片不看，他比高達還要偏激左派，更與知識份子侯麥呈現一種競合張力；他於安德烈·巴贊麾下，可說成為《電影筆記》文才並茂的首要影評戰將，不但以精神意志整合不可思議之矛盾——義大利新寫實與好萊塢古典，更與巴贊一齊對抗巴黎優雅的菁英美學主義，希維特論戰高乃依以至於霍克斯的古典敘事，完全無關唯美的「修辭論述」（discours rhétorique），而相反地，卻以一種「簡樸書寫」（écriture simple），專注呈現「精神」（esprit）、「神秘」（mystère）之命運問題，希維特更於晚年，於刊於《電影筆記》訪談表達其一生的探索追尋：「電影與其是美學問題，不如說是存在問題。」

陳潔曜。
北藝大電影碩士，巴黎第七大學電影研究博士，研究過程獲兩屆世安美學獎。創作曾獲文化部優良劇本、台北市電影委員會劇本獎與自由文學獎，曾入選柏林影展電影新秀營。現為獨立研究者、自由撰稿者，法文翻譯。

《巴黎屬於我們》（Paris nous appartient, 1961）作為希維特的第一部長片，不但預視其後半世紀創作生涯魂牽夢縈的風格，更可見其焦慮無解的存在主義靈魂。電影以排練古典戲劇作經，以年輕理想份子秘密結社為緯，可說為希維特五十年電影不斷探討的兩大主題——前者希維特發展出即興排練作為方法，如何與經典戲劇產生當下碰撞，後者更以一種祕密結社的偏執理想與致命挫敗，曾見其後更為廣大、險峻、隱密的陰謀網絡，展現一種恍恍不明的末日威脅與無所遁逃的無意義焦慮。不夜城巴黎於是成為暗黑花都，與其徜徉於光鮮亮麗、燈火通明的香榭大道，希維特更喜歡呈現理想主義者蝸居、陰荒頂層斗室，穿梭於迷宮般的走道巷尾，宛如無路可出的存在主義劇場，純真的理想不斷蒸發，終究領悟「巴黎不屬於我們」。

如同希維特的首部長片，大衛林區的處女座——《橡皮頭》（Eraserhead, 1977），關注的與其說是美學問題，不如說是存在焦慮。大衛林區原本對拍攝電影毫無興趣，而立志成為專業畫家。林區就讀高中時為風雲人物，得知一個同學之父親的職業為畫家，頓時恍然大悟，得到奇異招喚，決心要成為「全職藝術家」，一時卻得到中產階級父母的憂心反對；然而經過不斷的家庭革命，林區終於從明媚的郊區別墅，搬至費城「暴力、仇恨和骯髒」的工業區，考上賓西法尼亞美術學院；於學校中，林區一次使用影片作為創作形式，自此迷戀上這個媒材，拍攝前衛實驗短片，得到一些小獎，後更得美國電影協會（American Film Institute）獎學金，於女兒珍妮佛（Jennifer Lynch）誕生後，舉家遷徙至陽光天使城好萊塢近郊，於陰森荒廢工業區拍攝《橡皮頭》。

若說希維特的首部長片命運多舛，拍攝期間長達三年，大衛林區的處女作更以五年的時間完成，期間多次想要放棄，然而林區以送報維生，並得到友人點滴支持，終以不妥協的藝術家性格，完成這部驚悚肉體的超前衛極小眾午夜電影。《橡皮頭》以超現實和超自然，呈現一種佛洛伊德弒父戀母焦慮的另一極端——父親潛意識如何想要殺死孩子，宛如卡夫卡《蛻變》（Die Verwandlung）中，一夜之間成為蟲子之夢魘，如同大衛林區一般的郊區平凡人，轉眼意外成為年輕父親，怪物嬰兒於是二十四小時緊迫逼人，焦慮的父親終於暖氣爐望見異相——其中神祕女孩在劇場空間跳舞，遇到神蹟還是蠱惑，年輕父親最後殺死源自自身的可怕怪物，與詭異女孩一齊升上白光燦爛的天堂幻影。宛如培根（Francis Bacon）肉體模糊的祭壇三聯畫，大衛林區認為《橡皮頭》為其「最具精神性的作品」，可說預言其半世紀導演生涯，如何於好萊塢存在邊界，以夢的邏輯，招喚燦爛美國夢下，真實奇詭異相。

以一種奇異的非現實交會，大衛林區與希維特身處不同時空，卻不約而同探索回歸人類原始，前者以夢的冥想，後者以即興劇場，於後工業時代網絡、新資本主義勝利，一種天羅地網宰制中，企圖探索凡人的日常生活，追尋消逝靈魂，招喚精神影像。

# 蠕行

◎桑妮

關於搬家，那是我尚短短的人生中極稀能稱熟稔的物事，而在我經驗中，幽谷喬木之說兩詞的順序對應到現實世界往往反了，因為搬遷的方向通常只有兩種不兼容的選擇，不是平行著走，便要斜著朝下。所以，早在告知母親我要搬出去前，我已對她神色的走勢做了一番整全預測；這番預測，我事後自覺其精確超越命盤或星座運勢等不可證偽的偽科學，近乎定律。她的手勢變化，她會如何形容眼下形勢的寒磣，她的嘴型會何時先擺成大大的U、又在哪個特定節點上蜷成大大的N，她言詞的磕絆會以「怎不早講」為首再不合邏輯地以「反正我沒要阻止人離開」作尾。我知道，因我們已一同搬家太多次。差別在，同樣的做法過去被她用以證明為何搬家，而不是阻止人搬出去。

據說，聽說，有人說，有可能，應該是，或許是，約略是，母親的家族在南越即將淪陷前舉家遷出，但究竟是哪年？母親從沒説清的年份，我又不敢問人，後來才在舅舅開的越式麵攤架上小報的美食專欄摸索出一個不牢靠的一九六九——我無從核證一九六九是不是正確的年分，只知那是舅舅受訪時給記者的數字——人們説，美國政府那年做了統計，發覺他們的子弟在一個東南亞小國的死傷竟超過韓戰。

母親幼時與她的家族流徙搬遷，待她長大掌握命運後則迫自己的另一批家人跟著她搬遷。不過，這命帶搬遷的人我從沒見她在我們一同將器物打包時展現半次對習常物事應有的冷肅。這個家無論跛躄或健朗，母親對留駐一地的畏懼每隔數年或數月定要發作一次，而蕭紅寫的搬家不過一條箱一馬車兩個人，這番俐落，此等灑脱，我無緣親炙，都快懷疑盡是些不適用台北的老派修辭，因為我見過的搬家老是紙箱提包影幢錯落拖泥帶水，而其原委，偏生又是搬家日每次一到，母親驕縱發作便要以簡馭繁馭到失措，將主導搬家一切的規訓一股腦剪到只剩將任何不在箱裡的東西移到箱裡。我總覺得，我們一家與牧民間的差異，只在牧民競逐水草與綠洲，母親對遷徙的要求卻大過了物質的需要，才會笨重緩慢地繞著台北市兜圈。

每次，待各人將自己的房間淨空，你走到客廳，發現無論腳踏水磨地板，或花崗岩地板，或大理石地板，或木地板，或磁磚地板，那裡最終都成一窟鐘乳石洞，羅密著石筍、中空蘇打管與倒吊著的蝙蝠。若一個人不畏寸步艱辛，小心不去踺倒東西，讓指尖撫過吉他弦一般地，自一具具高矮無致巍立著的形軀上一氣撥拔而過，他才會依稀有了他與他觸過的事物早在分類學標籤沉積出的溶洞中失了魂的印象，發覺每個箱內盡是些物種交互溶蝕沉析出的奇蹟：全家福照與某個人丟失了的車鑰匙媾和，廚具倚著文具生苔，燈柱掛著窗簾布，柔熟織衣護住一本書皮青霉四布、書頁脫了線的《聊齋誌異》，桌燈罩不罩光卻去籠住一只皮鞋的黑。母親一通電話，喚來兩台有力的發財車運載三四位背筋赤露、走路帶風的搬家工挪移乾坤，沿途撞開鬆鬆嵌著的紗門紗窗，莽廣浪起浪落一波波黑塵，門槽窗槽震出一落落蒼蠅屎。偶爾不經意擾動錯的地方，便是一陣振翅唧唧，蟑螂薨薨亂走，怕蟲的人見了都倉皇走避。當然，搬家工的干雲豪氣，伴母親多年的山葉牌木鋼琴吃受不住，所以她總會另雇一兩位心細如針的力士，像護慰嬰兒。

以上這些，不計我們自己的車、自己的免費勞力。搬家儼然成了公正的象徵，因為一旦決議要做，便沒人能說自己的時間比他人的更重要，除非他想另走他方——像某天，父親不想跟著搬，像某天，妹妹打算搬去別地方。當然，公正無法阻止我們真情流露，甚至，我會覺得搬家是我們一家人彆扭性情少見的坦蕩時刻。過程中，母親永遠浮躁若奔雷，妹妹焚煬暴跳如野火，父親深沉得像一湖靜水，我則仍說不清自己似雷似火或似水，僅是常常藉故偷眠。

搬家甚至具有刷洗記憶的功能。好比說，母親似乎不擅記憶抽象符號，這印象即使每隔幾年神性會稍稍淡去，總在我們搬完家後被注入新的靈光。我又會重新想起她數學奇差，不懂注音，以及依循以搬家順序建構出的化石層序律，添上一巡又一巡的新回憶。從她忘記我哭著要飯的時間，到我第一次上下學的時間，到我高中趕頭班與末班校車的時間，到我畢業後上下班的時間，到我在病院診間穿進穿出的時間，以及一旦錯過末班捷運就非得搭計程車返家的時間，它們總在她記憶坐標系前後左右游移交替，獨獨那批神佛們生誕征戰與宴客的日子有恆定的方位，撇去日出日落而作而息這不需記憶的物種慣性。這使我無從認定她對抽象事物的認識究竟是有天生缺失，還是抽象物們也得在她腦中經歷一番黨同伐異的過程。她日常行居無一不受念舊與虔敬支使，自成一套以神佛解釋日常現象的科學理論，有時幾乎使我忘掉她的越南華僑身分，把她當成世代與神佛同住一塊四方地的本地人。那大概是世間不存在、人們戚戚具爾的四方地，因為母親好像從未拒絕過任何神佛的招喚。

我曾不只一次反事實地模擬，如若母親對自己的念舊與虔敬更有一種史學家的責任感，是否就不會每每回憶家鄉說不出牢固的數字或地名，卻在搬家時獨獨心繫那幾箱奇特私有物的血脈純淨——我從沒細細點清品項，只記得看過她平日習演的樂譜、我從未見她翻閱過的幾落外文書、數只鍋瓢、買給我與妹妹的「大師名作繪本系列」卡帶、泛黃缺頁的地藏菩薩本願經和藥師琉璃光如來本願功德經，而更多時候，是戰廢品般不知何用的毛織品和塑膠容器。這幾只獨善其身的箱子，不只裝舊東西。數年前，一位正在美國路易斯安那州讀博士的朋友放假回台，順手送了只老虎布偶給我。「牠叫麥可。」友人告知。「麥可？牠竟然有名字？」原來，這是學校以吉祥獸為模特弄出的系列商品，布偶的原型是特別的活物而非活虎的共相。我後來才知道，老虎麥可已是第七代吉祥獸。麥可一世於一九三六年被買到學校，活到二十歲死於腎病，便被皮肉分離，皮加工後套在模型上，讓牠生前雄姿能在當地自然歷史博物館裡供人瞻仰。此後，每逢老虎過世，學校便揀選一只新的虎崽入校，數十年下來轉了七巡。老虎麥可回家後沒隔幾天，牠便自我床頭移去了母親精心打理的供桌—她相信老虎麥可是虎爺的化身，天降我家來驅邪的。數個月後，與母親搬家時我看見牠出現在母親箱裡；幾天後，新家安頓好，我去領了隻貓崽回來，活的。

從那只箱子，以及母親一套套說詞在她流離這小小星球各方親友言語中的四不像疊影與形鏤，我方能吃力地辨識出凍結成斑駁琥珀的時間殘餘。那群接續論者老是說，所有持續存在的事物都由它們每個時刻的斷片共構成，事物在每個時間片刻有著長寬高的三次元表象，但一旦這些片刻的表象積聚為時段，就成一條條在四次元扭捏伸縮的肥大蠕蟲。被照相術或富含象徵意味的紀念品割下的蠕蟲節片總硬而銳利，母親的語言卻像肥大蠕蟲囁嚅軟膩，這使她的記憶之於我有近似人工飼育出的虎獅、獅虎、獅獅虎或虎獅虎的形象；上次事情發生在Ａ，下次變成Ｂ，某天變成既像Ａ又似Ｂ的Ｃ，你才知道它應該是將要變成Ｄ的Ｃ。塊狀黏膩，而非密密結網不糾纏或飛矢一線不復返的時間與記憶，桑妮。

一個小人物。離開學院象牙塔後仍踟躕於檻外那塊方寸地嬉玩光流墨澗好開心的，像癡人發一場走走停停、出出入入的清明夢。

我記得，這是諸多藝匠——好比那些語言技術比我們還好上太多卻仍渡海而來的馬華人——工藝的嚆矢，卻是我與母親的關係每年，每月，後來是每日，在塌縮與膨脹間往復的質量。它們甚至影響了母親對過去與將來的判斷。我開始懷疑，任何感官觸動誘發的閃回，或神靈帶來的預兆，到了母親處已沒有分別，因為過去與未來在她眼中僅是一塊平野。

待打包離家的日子迫近，我盤算著將搬物與打理的時間併到一天內，而實際是，它在四次元自自在在蠕生成四天長的肥蟲。打包私人物品花一晚，打包衣物花半天，打包書花一日，但，你只能把它們都各算成一日，因為我還得吃喝拉撒；而當我夢想我的簡潔不只遠勝母親，還要超越一條箱兩個人，它卻自己失控成一人搬十二個紙箱，又有尚未帶走的貓把肥蟲養出了第四天。我回家只想帶走我的貓時，麥可七世的布偶仍在母親床頭旁的供桌上；當母親進門撞見我不只帶了貓，更帶了大包小包的雜物，我們上了母親的車。車子順著日落向黑魆沉沒，我肚上的貓提籠溢出一陣熱燙，原來離家的貓一進暗處便失禁了。

那一晚，我在自己的新屋只睡了三個鐘頭。我花了兩個鐘頭清空了所有紙箱，三個鐘頭用金興發買來的用品打掃。當我終於坐在床沿，我的手機告訴我離預計的睡眠時間晚了四小時。我看著貓在腳邊的矮桌上踱去又踱回，想著明日的早餐該排在幾點。

《西城故事》：
每一次拍照，就像是一次悼念。
都市的變更，比 1/1000 的快門格還要迅速，按下之後的曝光，是為一個構圖的告別。
任何人，都無法準確地重組一張影像中的空間與時間。居民所經過的種種日常隨時都在消失，天空 格格地被新鋼骨掩蓋；而人，終將到來離去。

攝影者在台北西區出生，目睹許多建案從萌芽，至現今殖民式般地侵蝕老社區。不過城內總會有一群永恆的年老者，在街上亦坐、亦站地等待。以當地者的姿態，旁觀著來來去去的新時代。

陳穎（b. 1990，台北）。
作品基本面在於找尋後殖民文化、有機地域、以及人造時間 之間的連結。以「意識時序」的角度去觀察在空間時間內發生的物理性遷移。除了攝 影，同時也實驗著錄像、布料雕塑與繪畫等不同媒材的創作。

攝影｜陳穎｜台北西區

攝影｜陳穎｜台北西區

# 5 2020年，他們讀什麼。

# 奇妙的一年，台灣出了三本跟《生活手帖》有關的書

◎黃威融

台灣真的有那麼多《生活手帖》的粉絲嗎？雖然我個人非常喜歡，但是真的有那麼多繁體中文版讀者，願意透過紙本出版，去理解一個創刊超過七十年的老派日本生活雜誌嗎？

這本二次戰後日本極具代表性的生活雜誌，創刊總編輯是花森安治（1911-1978），創始社長是大橋鎮子（1920-2013），2020年在台灣，出版了《花森安治的設計書》、《那些美麗的事物：花森安治言葉集》和大橋鎮子專欄文章結集的《致美好的你》，都是由悅知文化出版。

《改變日本生活的男人：花森安治傳》，津野海太郎。2019，臉譜出版。

附帶說一下，前一年，二〇一九年，臉譜出版了《改變日本生活的男人：花森安治傳》，作者是津野海太郎，可說是繁體中文出版品介紹花森總編的開創作。

## 可能是日劇帶動，或者本地文青分享

也許，是因為《大姐當家》這齣受歡迎的日劇，引起許多人對《生活手帖》的好奇。2016年在NHK播出的晨間劇，就是以創辦《生活手帖》的大橋鎮子社長和花森安治總編輯作為男女主角的原型，女主角由高畑充希主演，男主角是唐澤壽明。

《大姐當家》片名的意思，是身為長女的大橋社長終身未嫁，全力照顧她的母親和兩個妹妹；劇情前段是介紹她們母女從小相依為命，大姐出社會後跟花森總編創業，打從創刊就不接受廣告贊助，靠著廣大日本主婦讀者的支持，以零售收入為主，走過七十多年。《生活手帖》的商品測試，是雜誌的重點報導。日劇裡，生動地再現當時雜誌攝內部、動員大量人力測試產品的壯觀場面，為了長時間測試產品的穩定性，洗衣機、牙刷、熨斗……各式各樣的生活用品，花森要求同事們反覆測試、持續紀錄，因為這樣獨立無私的評分，花森總編領軍的雜誌團隊成為日本戰後生活家電產品的最佳助攻手。

或者，某些認識《生活手帖》的台灣讀者，跟我一樣是透過布克文化在二〇〇七年出版

《花森安治的設計書》；花森安治。2020，悅知出版。

了的《最糟也最棒的書店》，作者松浦彌太郎在二００六年接手了《生活手帖》這本老牌雜誌擔任總編輯（2006–2015）。

也有可能，台灣文青是去了蘑菇咖啡中山店，跟我一樣在蘑菇咖啡翻到店家擺在架上的過期《生活手帖》，真是大開眼界。這樣的生活日雜，根本無所謂過不過期，它根本不受新聞感的時事限制，而是有著季節般韻律的生活感讀本。

後來，我曾經在台北華山選物店的角落，巧遇一大疊幾十年前的手帖，大約是一九六０和一九七０年代流傳至今，如獲至寶，雖然每本售價新台幣好幾百元，我還是忍痛買了幾本，當作遍輯課授課教材。

## 花森總編的驚人創作才能

生活在此刻的《生活手帖》台灣粉絲真是太幸福了，你要是跟我一樣年輕，錯過了花森安治擔任總編輯當下的才華洋溢，現在我們可以透過翻成繁體中文的花森安治設計書和圖文集，好好看看他是個多麼厲害的總編輯和藝術家。

《花森安治的設計書》，是為了紀念他一百年冥誕而出版，堪稱經典作品全集。超過三百

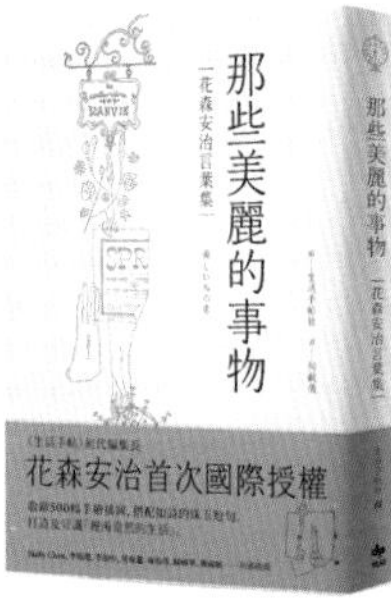


《那些美麗的事物：花森安治言葉集》；花森安治。2020，悅知出版。

幅《生活手帖》雜誌的封面原始畫作，以及內頁的原始圖畫、手寫字、廣告原稿，還有幾張花森工作的紀錄照片，真是太珍貴了。

《那些美麗的事物：花森安治言葉集》，收錄了花森先生五百幅手繪插圖，搭配短文，傳遞他對於生活和美的意見。

對於從事圖文編輯創作的晚輩如我，花森先生這段話真是太振奮人心了：

「即便這是一個大量生產的時代、資訊產業時代、電腦時代，但我認為製作雜誌這件事，終歸是一項「手工業」，若非如此，我做不下去。」

說得更正確一點，我認為編輯這份工作，其實是講求「工匠」這項才能的。因此我希望能夠忠於編輯一職，不死不休。在那一刻到來之前，我會不斷地採訪、拍照、撰稿寫作，讓那支校正的筆染紅我的手指，讓我無愧於編輯這一現職。

**回頭去看花森安治的雜誌文本，太有收穫了**

跟我們熟悉的許多雜誌總編的文科背景不同，花森安治是個具備藝術家才能的設計師和創作者。《生活手帖》在他任內的封面，幾乎都是他精心創作的繪畫或攝影或插畫；讓人吃驚的是，那是一個沒有蘋果電腦、沒有In Design排版軟體的古典年代，但是它的視覺卻如此前衛，現在看還是非常耐看。

不只是封面，花森安治總編輯就是《生活手帖》的總導演、總編劇、總美術、總攝影。這本雜誌從封面的繪圖、照片的拍攝、文稿的撰寫、一字一行的韻律感、字體級數、字距行距、插畫和留白細節，都是花森安治說了算。

曾經不只一次遇到比我還年輕的編輯們問我，現在已經是二〇二〇年了，為什麼要回頭去看六十、七十年前的雜誌呢？也許可以這麼說，iPhone如此神通廣大，網路上有那麼多新奇的影像，為什麼還要去看義大利新寫實電影、法國新浪潮、伍迪艾倫、柯波拉、馬丁史可西斯……？

身為末代雜誌編輯人的我，即使未來看不到雜誌復興的光芒，但是我還是非常鼓勵年輕人看看在前網路時代出現過的厲害雜誌文本，例如一九九〇年代酷炫的日本次文化雜誌《Studio Voice》、二〇〇〇年前後的《Vanity Fair》。

《生活手帖》也是它們那個時代中，最厲害的其中一本，在他們的時代，所有最有創意的人都在雜誌圈，那個時代最優秀的作品就是雜誌，你透過雜誌可以看到它們最頂級的圖文整合、企畫專題和視覺傳達。

## 現在認識花森總編和大橋社長，一點也不晚

花森總編的才華非常耀眼，但千萬別忘了大橋鎮子社長，是她和花森聯手，把一本原本只能以婦女柴米油鹽、日常穿搭、空間改造為主題的生活文本，轉化成日本人生活教養的指南雜誌，伴隨著那一代日本人走向現代生活。《致美好的你》，可以看到大橋鎮子的專欄文章結集，讓我們更加了解她。

我不禁會想，看了這幾本書，你應該會跟我一樣，想要再看一次《大姐當家》這部日劇。

黃威融。
跨界編輯人。1998 年和好友集體創作《在台北生存的一百個理由》，2006 年擔任《Shopping Design》創刊總編輯，2012 年參與《小日子》創刊，2020 年擔任《新北市文化》季刊總編輯。

# 以閱讀送上祝福，二〇二〇書單的微小推薦

◎殷寶寧

其實，我向來很討厭「女力崛起」這樣的字眼。因為我們始終都在。不是從石頭瞬間蹦出來的。我們一直都在，只是人們是否有心，願意看見。是否懂得。

非常榮幸接獲浮光、春秋店長的邀請，推薦今年的書單。第一時間聞訊有點驚慌失措，一來覺得自己平素讀書有限，實在擔不起推薦書單這個重任（感覺這是某些讀很多書的出版界專業人士的特權，然後赫然想起我曾經幻想去出版業工作）；另一個反應是，我以為自己多閱讀任教工作在課程上需要的書，也就是可能極為無聊的，aka, 教科書／教學用書。「應該都是些很無聊的書吧，有什麼好推薦的呢？」。但仔細想想，還真是書

《後少女時代》；劉庭妤。2020，釀出版。

《台灣菜的文化史：食物消費中的國家體現》；陳玉箴。2020，聯經出版。

讀得有點少，太過心虛，只好藉此機會來複習一下，假裝自己有著少量的閱讀。

第一位想到的是劉庭妤的《後少女時代》。書名容易讓人懷想，可能是走老派少女路線，看似青澀安靜，其實內心風起雲湧小劇場滿滿。文字功力讓我驚嘆，原來還是有人認真看待文字。一九九四年出生的作者，得過許多文學獎，出書獲得滿滿聞人的推薦，見證了作者說故事魅力引人之深。這本書收錄作者五年來的散文。說是著作，更像是藉著少女家庭中成長的記憶，伴隨著台灣社會人文風景一幕幕眼前再映，以為是笑鬧劇搬演地，充滿餘韻。

我一向自詡貪吃，曾幻想著做點跟食物有關的研究或書寫。但自從看到陳玉箴老師的研究與出版後，便決定安心只當饕客即可。目前任教於台灣師大台文系的陳老師，以豐富的理論素養，紮實的史料素材，將多年的心血，累積為今年中出版的專書《台灣菜的文化史：食物消費中的國家體現》。這本超過四百頁的精裝書，作者將多年來從諸多面向深度挖掘的提問，「何謂台灣菜」，反覆梳理，交相論證，從日本殖民地時期「台灣料理」的誕生開始，古早台灣味的庶民餐桌，歷經戰後政權轉換所夾帶的統治階級飲食習慣、喜好與品味的改朝換代，夾雜著階級、族群各自表述的「台灣」，以及解嚴後朝向台灣本土化推進的過程中，如何在一個台灣菜，各自表述的戰場裡，持續地傳遞著美味記憶，並且從各類書寫中挖掘飲食與日常生活的文學創作。是精彩的學術研究探索，是美好味

《硬美學：從柏拉圖到古德曼的七種不流行讀法》；劉亞蘭。2020，三民出版。

《台灣的不成功轉型：民主化與經濟發展》；瞿宛文。2020，聯經出版。

道記憶的傳遞，更是充滿閱讀愉悅的文本。應該可以稱得上是好吃好看的一本書吧。

講完了好吃好看，接下來要欣賞美和藝術。《硬美學》看起來有點嚇人的書名，其實是挪用了「in」這個字眼，英文書名，In Aesthetics，「硬」跟傳統「美」和「藝術」被視為陰翳柔美的。這本精緻小巧的書，有著企圖宏大的副標題：「從柏拉圖到古德曼的七種不流行讀法」，內容傳遞龐大知識量，以及跟當代思潮對話的主張。作者劉亞蘭博士任教於真理大學，為國內哲學專業領域中，女性主義知識論的翹楚。該書讀來清晰易懂為絕佳優勢，但讀完保證你會讚嘆自己的哲學思維與美學素養大躍進，並且願意考慮要跟哲學家古人交往看看。此外，如果你想要讀懂藝術作品，了解藝術家在想些什麼，藝評家在吵些什麼，偶爾也想跟他們對話一下，這本書應該是絕佳無上的工具好書。

不知道你是否思考過，台灣的首要之都「台北」跟別的亞洲城市相比，我們可能是三十年來，變化幅度最小的。這是美國一位經濟學家，二〇一九年中拜訪台北時發現，這個城市跟他三十年前初到訪時，幾乎沒有什麼變化。經濟學家的這個觀察，代表什麼？另一位經濟學家瞿宛文老師從這個觀察的發問為起點，點醒了我們歷來對台灣戰後「經濟發展」的想像，充滿了各種沾沾自喜，與某種狹隘的「成功」世俗價值，造就了一個從小到大，人人追逐（經濟／數字）「成功」的原型，我們的確需要更多實證的材料來好好梳理一番，這樣的民主化與經濟發展，究竟之於台灣社會的意義為何。甫自中研院

《桑青與桃紅》；聶華苓。2020，時報出版。

退休的瞿老師，將其多年研究匯集為《台灣的不成功轉型民主化與經濟發展》一書，值得從整體經濟的向度，關心台灣如何走到今日場景。

前面講了這麼多看似很硬的書，應該來讀讀小說嗎？

《桑青與桃紅》一書在今年初重新出版上市。作者聶華苓這本書最初寫作於一九七0年，於聯合報連載。「但因為部分內容遭警備總部質疑，夾帶不利政府思想，至隔年二月遭到禁止刊行。」這段文字，清晰地再現了多麼「台灣大時代」的情節，而聶華苓女士即使長期在美國，但其以美國愛荷華的大學教職為其戰略基地，對戰後台灣現代文學發展，有著關鍵性的影響力。這部小說，一九九0年獲得美國國家書卷獎，是暢述「離散(diaspora)文化」的經典，也是探討女性文學、少數族裔與移民書寫的必讀文本，有著這麼多「非讀不可」，當然必須在其五十年後重新面世之際，積極搶進。

不過，千萬別以為小說就一定是讀來輕鬆。我自己認為，這本書的閱讀挑戰，相較於前面幾本來說，可能是最刺激的頭腦體操。只能祝福你閱讀愉快囉。

寫到這裡，相信聰明的妳已經發現，這裡選書的共同點：都是女性作者。我說了，我們始終無處不在，只是你是否用心，眼睛是否看見。這幾本書從主題到文類，各不相同。或許，多樣、差異、各自繽紛，正是我們最期待被認知的一種姿態。然而，在此並非要讓人誤解，以為女性主義理論僅關切女性作家，而是想挑戰大家的觀看與理解。

邀稿的命題是二〇二〇年出版的書，這多災厄的一年已走入尾聲，我的新年許願，希望可以在今年，看到自己等待多時的新書出版：《我城故事：大稻埕。臺北。》作為祈願平安的祝福。跟一本在台北舊街區以書店空間、獻給城市記憶與生活的認真雜誌，一起迎來，值得期待的明年。

殷寶寧。
土生土長臺北人。幻想成為專欄作家，但沒有單位邀稿栽培。以為自己喜歡文字工作，但應徵相關工作，從沒被錄取。只好到學校裡窩著。號稱是教書，其實一直比學生還像學生，特別是心智幼稚程度。

《誰賺走了你的咖啡錢》；提姆．哈福特。2020，早安財經。

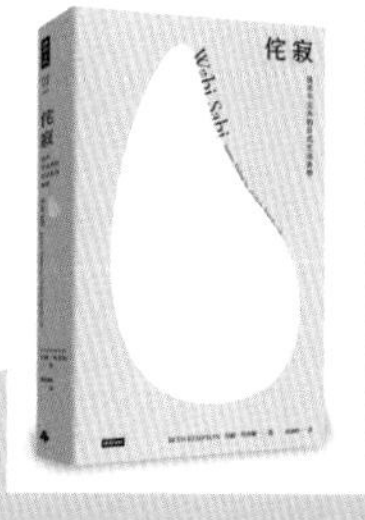


《侘寂：追求不完美的日式生活美學》；貝絲．坎普頓。2020，時報出版。

# 二〇二〇我的私人年度選書

◎柯長宏

二〇二〇我的私人年度選書，幾乎都是和工作及興趣相關。

《誰賺走了你的咖啡錢》。想知道卡布奇諾和摩卡咖啡是如何訂價的嗎？建議做房地產開發、餐飲零售或者是要在日常生活中逆轉戰局的朋友請充分閱讀。

《別冊Lightning（Vol. 227）：本屋さんへ行こう!!》。對於不怕死想報復性開書店的人而言，是最新的第一手市調報告，也是工具書。其中有32家販賣幸福時光的實體書店與異業文化結合的精采案例，更將東京都內所有BOOK & CAFÉ不同特色的蔦屋書店（六家）一網打盡，包括因疫情發生後發展出來的新店型Share Lounge（共享辦公室）。

《侘寂》。如果你在人生中場卡住了請趕快來翻一翻，在我們書店是陳列在「設計美學」的書架上，適合搭配讀誦《大悲咒》和《心經》一起服用。

《在這樣的雨天：圍繞是枝裕和的《真實》二三事》；是枝裕和。2020，尖端出版。

《在這樣的雨天》。收錄了《真實》電影拍片幕後秘辛和花絮，喜歡是枝裕和電影的人會更加感受到他的溫暖和細膩。是枝裕和的電影和《鬼滅之刃》動畫說的都是同一件事，羈絆。

《遙遠的公路》。我特別喜歡，在此分享給你。

## ◎遙遠的公路

書本，不管是小說、散文或雜誌，對我而言一直是為了滿足嗜好興趣、紓解壓力及逃避人生而存在。閱讀，已然成為現代人的一種生活態度。

最早，我先看了舒哥的《理想的下午》。一篇一篇看似清淡無味的文字，咀嚼久了卻讀出了味道，可當時太年輕還是被我歸類在無用知識派的小分類。後來，我又去讀了《水城台北》，才知道平常我們走在路上，腳下經過的土地，可能曾經是瑠公圳綿延展開的地下水脈。這對一個嚮往繁華城市的鄉下人來說，算是發現新大陸般的震撼。原來，認識一個城市可以透過散步來細細理解。這是日後我定義「旅行」，發現不同城市的基本態度。你可以經由這個地點的音樂、文學、電影或菜市場來知道他的身世和美感，而不是只在觀光景點打卡到此一遊。《遙遠的公路》就是這樣一本關於晃蕩的書。

《遙遠的公路》；舒國治。2020，新經典文化。

二〇二〇年是個難熬的一年。突如其來的無常，讓世界停止了流動。全球疫情擴散，我曾經流浪過的城市或國家，包括米蘭、巴黎、西班牙、俄羅斯、北京、上海、舊金山、紐約、北海道……相繼淪陷，有些已經開始二度封城。持續厭世，沒有奇蹟。二〇一九年六月的布拉格，竟成為我與世界文化交流的最後一個城市。現在只能躲在家裡，靠著複習之前出國的旅行筆記過日子。看電影和旅行，是我賴以為生的興趣。不能出國旅行，書本就是我們的一雙翅膀。《遙遠的公路》在這個特殊的時空出現，不僅讓我和曾經流浪過的城市聯結，也提醒我目光不要只看著遠方，腳下的土地現在更值得我們重新用心感受。島內的公路旅行隨時可以上路……。

「遙遠的公路」——當無窮無盡的公路馳行後，偶爾心血來潮扭開收音機，幾個似曾相識的音符流瀉出來…這曲子是Sleepwalk，一九五九年Santo & Johnny的吉他演奏會……這短短的兩、三分鐘我享受我和它多年後之重逢。這些音符集合而成的意義，變成我所經歷過的歷史片斷。

我懷念起二〇一三年五月的舊金山：第一次來到這個「愛與和平」的城市是在二十五歲，那時你的心裡還同時住著兩個人。那一年你著了魔般的聽著瑪麗亞凱莉的《Without You》。你參加了在第一個建築師事務所上班的員工旅遊，從洛杉磯到舊金山九天行程的美西團，旅途中這位九〇年代天后級歌手，以五個八度的寬廣音域和招牌式的海豚音唱法，陪著你橫越了內華達州沙漠。期間，你還在拉斯維加斯的 MIRAGE 酒店玩 Blackjack 時輸掉兩百美金。現在，如果你再三心二意下去，可能還會輸掉全世界……。

「不安定的謀職就是最好的旅行」——因為你談失業、談就濟金、談經濟不景氣、看街上醉鬼、與遊蕩漢討飯人擦身而過，這些生活情調將你陷設在你好像也是其中一份子。為什麼，因為你喜歡旅行，或是說，你不介意旅行的可能性。旅行是什麼？再沒有比美國人更清楚了，就是變換地方。什麼人最有資格旅行？便是一直覺得沒有待在最佳地方的那類人。

這讓我聞到了西雅圖的陰雨潮濕：天光微亮 5:40AM。我踩著凌波微步，閃過聯合廣場周邊，橫臥街道角落東倒西歪的流浪漢，跳上 BART 到機場去趕飛往西雅圖的 UA 航班。流浪漢該如何定義？無家可歸的人還是四處為家的人。兩小時十三分鐘，一０九一公里。我從陽光燦爛的加州舊金山，飛到美國西北的華盛頓州，一座太平洋邊緣多雨的城市，西雅圖。多雲小雨，氣溫降到攝氏十二度。西雅圖人不是為了工作而活，他們工作是為了享受人生。為什麼有時候工作是如此惱人，你卻都還能再堅持一下下？那都是你對旅行的貪婪所致。工作不僅僅是只為了房貸，應該還有其他更重要一百倍的東西吧。

「美國作家的寂寞感」——拍攝一張倫敦地下鐵乘客苦惱的臉，與一張紐約地下鐵同樣苦惱的臉，意義不會一樣；觀眾看見那張英國臉孔，會想到他去工廠上工時所遇的社會低氣壓；而觀眾看見美國那張臉孔，是他本人的英雄性，他馬上要發生傳奇故事（愛與恨）。說到地鐵，我第一個想到紐約：紐約的地鐵，感覺比巴黎、東京還要複雜。每天四百五十萬人乘坐，九十九年歷史。我在地鐵站內轉來轉去，好像在找哈利波特中的九又四分之三月台。十九世紀的小說家說紐約是「建在地鐵上的巴格達」。晚間八點五十五分到達JFK機場，氣溫攝氏十九度，很好。印第安語的曼哈頓是指被水花和浪潮環繞的小島。海關人員問我英文在哪裡學的？說我講得很好。鬼才相信。從高速公路下來，遠眺曼哈頓，能叫出名字的建築物有三棟：帝國大廈、克萊斯勒和花旗銀行。少了兩棟超高層大樓，紐約還是紐約。出租車緩緩進入夜晚的曼哈頓，心中響起了熟悉的爵士樂。像賈木許的電影——地球之夜。

九月的最後一個週末，看完這本很像公路電影的書之後，我開車繞了台灣一圈，在我心中重新理解了台東偏遠的小鄉小鎮：池上，不再只是上演金黃稻浪的雲門《稻禾》、金城武的奉茶和總是出產全國冠軍米的小鎮，現在已默默成為年輕人文創產業的沃土；長濱，這個遠得要命的孤鎮不僅僅有吳神父足底按摩、媲美米其林星級餐廳的「Sinasera 24」法式料理，還有天然質純的地產黑糖和濃濃的人情。

有些地方的特色，即使短暫的看一下也會記在你的腦筋裡，成為你看事情的習慣或眼光，很多是在書上看不到也想像不來的，這個叫做「舒式晃蕩學」。他的用詞很老派，精神卻很年輕。會出去流浪，應該是跟逃避「要做該做的事」有關，那是從年輕時逃避的心理衍生出來的一種形式，現在叫做「出去旅行」。引用舒哥的說法：我想要去到較空曠、較單調、較新的異地去瞎看一番，倒不是想「浪跡天涯」。你可以從這張開著雪佛蘭老車，走過大半個美國，在遙遠的公路上一哩一哩織就的流浪地圖，感受到老子無為的況味。詹宏志老師形容《遙遠的公路》是一種老練的旅行者的聲音。一個人，是否真有可能進行真正的流浪呢？從認識一個老嬉皮一段人生的任性開始。集英社「夏之一冊」的廣告說：昨日的我與今日的我，只有一本書的差別；當你看著九頭身的美少女對你說：「閱讀吧，世界會變得不一樣喔！」身為中年大叔的我也就信了。還想要改變世界的人，歡迎加入。

推薦書單：

1《誰賺走了你的咖啡錢》。提姆．哈福特著，任友梅譯；早安財經文化。
2《別冊Lightning（Vol. 227）：本屋さんへ行こう!!》。株式会社エイ出版社。
3《侘寂》。貝絲．坎普頓著，游淑峰譯；時報出版。
4《在這樣的雨天》。是枝裕和著，洪于琇譯；尖端出版。
5《遙遠的公路》。舒國治著；新經典文化。

柯長宏。

一九六八年十二月生，射手座B型。興趣是旅行、閱讀、看電影。跆拳道二段、大專杯跆拳賽亞軍。從事建築設計規劃及不動產開發招商工作約二十五年，現為蔦屋書店店長＆咖啡師。人生目標是當跆拳道館總教練或報紙暢銷專欄作家，或是參加一次「嵐的大運動會」。

# 南方的社會，學：為99%人民寫的社會學讀本

／陳嘉行（焦糖哥哥）

這套書分為上下兩冊，是多位作者各自從不同領域撰寫文章，共同彙編成書。非社會學相關領域的讀者，或許會好奇書名「南方」是什麼意思？是地球南方，還是台灣南方？在本書的導讀中，國立中山大學社會學系趙恩潔教授提出完整易懂的論述，我個人的讀後感想則是，「南方」不只是地理上的南方，還是精神、文化、物質上的南方。

我們習慣以西方世界（歐美國家）的價值觀評斷自己、社會與國家，以為符合那樣的標準才代表「文明」與「進步」。這樣的線性史觀與意識形態，忽略了西方世界加諸在所謂「落後」的國家各種迫害與剝削，譬如「奴隸制度」的討論幾乎只出現在學術

《南方的社會，學》；趙思潔編。2020，左岸文化。

領域中，對一般人而言根本事不關己，即便有意識到這件事，也認為那是遙遠的過去。讀者可以試著回答什麼是「奴隸」與「奴隸制度」，大家好奇這些因為圈養奴隸發財的人，他們的事業及後代後來怎麼了嗎？如果妳（你）發現思緒瞬間空白斷裂，那這套書的企圖就是試著幫大家找回記憶。

這些靠奴隸制累積的財富、土地、資源與技術，不會忽然就消失不見，總會全部或部分轉移到別的地方去。社會學與人類學家就是在現代的表象上循著足跡，發現在繁榮進步背後的斑斑血淚史。這些壓榨、剝削原住民、黑人、亞洲人、下層階級的過去，成就了資本家、企業家、銀行及政府。當國家主導政策、法令又繼續為中上階級的人服務，這又持續加深了社會不公及各種不正義。譬如，為了拼經濟將重污染的工廠建在一個「偏僻」的鄉鎮，當地居民被迫犧牲自己的健康，只為了 成就其他人的經濟發展，這樣公平嗎？全球化的時代，資產家為了尋求更低廉的各種成本，透過國與國之間的合作，將重污染的產業或需 要大量廉價可剝削的工作轉移到「落後」國家。這種看似雙方都得利的選擇，其實忽略了所謂「落後」國家沒有相等的議價能力，而其人民更只能選擇這些沒得選的「選擇」。

我們太習慣西方的進步敍事，連「已開發」、「開發中」、「未開發」的標準都是依照歐美意識所認定——他們說了算。這樣的框架下，會讓多數人忽略人、族群、社會的異質性，全部整合進一種主流價值的「進步」敍事中。而如此方式就排擠掉了少數族群、信仰、文化，同時合理化不公平、不正義，以滿足資本主義為了積累剩餘價值的一切手段。在此意義下，大海被犧牲了，土地被犧牲了，空氣被犧牲了，女性被犧牲了，性別少數被犧牲了，原住民被犧牲了，偏鄉地區被犧牲了，中下階級被犧牲了。但揭露藏在進步表象中的事實，提醒我們以為的理所當然，是因為未曾回頭檢視。現在及未來，我們在做出任何選擇及評論前，都得理性思考過，這樣的決定會不會造成弱者的犧牲。因為，弱者不是別人，可能就是（妳）你跟我、我們身邊的人，或是生活在地球上某一貼著「落後」或「未文明進步」標籤的地方。

我們對待台灣原住民及文化，習慣以「漢人」立場出發，但我用「漢人」兩字同樣粗暴地將所有人、族群限制在一種想像中，很大程度上也充滿了刻板印象。但如果我用「台灣人」取代「漢人」時，又將原住民排除在「台灣人」之外，即便我們政治正確地從山胞、山地人改稱「原住民」，也有意識與無意識地設定原住民就是一種模樣，忽略了不同族、部落的多樣性。這些討論並非咬文嚼字或文科生沒事找事做，而是得將很多人究竟是誰講清楚，讓以往從單一國族的框架裡解放出各個群體，找回、保留且高調不同的文化，政府在制定政策時才會更謹慎地立法與分配資源。

我從小跟著大人拜拜，但我從沒意識到民間信仰有一套邏輯存在。我以為的「迷信」剛開始並非負面的意思，而是隨著國家方便統治的需要，有策略地改造、約束民間信仰。我閱讀「民間信仰的邊界與翻轉：由欲望的制度化形式到母女相認的當代展演／

丁仁傑」，覺得民間信仰的演變非常有趣，即便看起來很迷信的宗教，也有它的科學精神在。如內文中引用謝貴文分類神明種類的研究，包括「突顯個性性格而不任官職的神，如華蓋三真君；呈現家庭關係或自我情緒，而非政治關係的神明，如挪吒或目蓮；正邪兼具的神明，如八家將；反常或反叛的神明，如濟公或孫悟空；質疑儒家道德的神，如妓女、醉漢、賭徒、罪犯所祭拜的神等等。」(P. 93)

在台灣民間信仰中，也出現了以女性為中心的「會靈山」活動，這是在父權與儒家社會中較難看到的情況。這樣的信仰活動或許有人還是認為迷信，但以女性權力建構出的信仰，讀起來實在十分進步。

台灣在二〇一九年立法院三讀通過「748施行法」成為亞洲第一個婚姻平權的國家，大多數支持者欣喜若狂，我當時也在立法院外跟著大家歡呼。但讀「重構親密領域：複數的性、關係與家庭組成／陳美華」分析大法官在二〇一七年第七四八號解釋文的語意邏輯顯示，為了達到平權的解釋文卻是內建了異性戀與同性戀還是有所區別，而不是將不同的性傾向都視為「正常」。

我在高鐵上讀這篇論文時被嚇到睡意、倦意全失，原本我以為的進步，還是預設了「異性戀常規性的運作——意即強化異性戀作為正常、自然、不證自明的主體地位，並編派同性戀為異常、不自然，成因存謎的可疑客體。」(P. 198) 這篇論文並非要否定政府所做的努力，而是提醒我們平權、性權上的路還十分漫長，且有很大的空 間需要陳嘉行（焦糖哥哥）。
越廚餐廳的負責人。
興趣：閱讀、賺錢、養貓狗與刷存在感。

繼續努力，「婚姻平權」只是起點並非終點。

文末，要帶大家回到台灣地理上的南部——高雄，也是下冊中最後一篇文章「環境正義．南方觀點／邱花妹」。不是居住在高雄的人，可能很難切身感受國家發展「重北輕南」到了什麼程度。高雄自一九六0年代以來逐漸發展為石化、鋼鐵、電力等重工業的故鄉，這些發展不是只帶來所謂「進步」觀點的就業機會，不同形式、層面的污染物充斥在高雄的天空、土地、雨水、飲用水及海域。這樣的「文明發展」是透過高雄人集體犧牲來成就，我本來想摘錄論文中提到污染與抗爭的流水帳，但實在太多、太複雜，每個污染事件都有自己的故事，純粹只用條列方式是無法呈現事件的傷害及迫害，我也對於自己完全不知道高雄人經歷過這麼多的傷痛而感到羞愧。

在不幸中誕生的希望是居民集體爭取權益，與工廠、政府鬥爭，且有「地球公民基金會」的協助扶持，公民社會的力量因此得以對抗資方與政府聯合宰制，人民終於不再噤聲與委曲求全。社會學家總是樂觀期待自己的研究能替弱勢發聲，弭平不公平、對抗不正義的現象，小至個人，大至社會、國家甚至地球。我個人也受到社會學知識啟蒙，才會投身於社會學領域學習。我有幸在學校裡遇到志同道合的同學與老師，讓我在讀這些殘酷現實的研究報告時，不會迷惘、迷失太久。我會推薦《南方的社會，學》也是希望讀者們可以感受到即便這個世界總是不完美，但總有一群人透過文字、行動、話語、論述帶來希望。

# 你真係好撚鍾意香港嗎？（你真的很喜歡香港嗎？）

## ——二〇二〇年香港主題書

◎路佳

「咁鍾意香港，為香港寫點字吧……」這句話在這些年來重複在筆者內心中迴盪，近鄉情怯，即使是一直與文字打交道的人，卻在刻劃自己那時如浮萍無依、時如盤根錯節的家鄉時欲語還休，特別是二〇一九、二〇二〇，下筆有如千斤。無論寫什麼都只覺文字蒼白、失語無力，久久無法成文。因此，特別佩服作者／攝影者／畫家／藝文工作者，在過去一年中以身為誌，以各自的方式為風起雲湧、詭譎多變的香港記下一筆，每多留下一點時光，就讓紀錄更趨近於真，涓滴成河，不讓歷史留白。

《香港電影 2019：時代影像》；李展鵬編。2020，香港電影評論學會。

要紀錄二〇一九、二〇二〇年的香港，並不容易，介紹的書中有香港製造（香港出版、香港印刷），有港台合作的（香港出版、台灣印刷），也有MIT的（台灣出版、台灣印刷）。在可見的未來裡，「香港製造」只會買少見少（愈來愈少）；要閱讀這樣的香港，亦甚艱難。這些書，筆者很難一口氣讀完，每每讀至視線模糊，掩卷不能自已。必須緩幾天後，某個澄明午後深深呼吸，才又翻開。梳理好思緒後，筆者覺得也許從這樣的方式閱讀這一年來的書籍，會有另一番體會，也更能坦然地面對及撿拾這一年多來的種種。

## 給所有愛過港產片的你

以往提到香港，台灣朋友最愛的就是一港式飲茶、茶餐廳、二是港片／港劇。香港雖因金融市場蓬勃發展，確立國際都會形象。然而真正把香港帶到遊客舌尖上的，是飲食文化；而種在觀眾心中的，就是影視文化。如果你也曾經愛過港產片，想更了解港產片，請看由香港電影評論學會出版的《香港電影 2019：時代影像》（下稱《香》）。每年都出版，今年特別不一樣。

這本電影回顧書一向以《香港電影（年份）》命名，像一本詳細的型錄，外加學會大獎評選報告。今年編者們為書下標：「時代影像」，書中電影以影像明確留下了這地方、這時代的吉光片羽，而非以往常見浮泛重複、風過不留痕的商業題材，同時也依稀可見港產片新時代的革命，看此書猶如橫跨了港產片的新舊時代。

在一九九七年的政權移交後，港產片被一波波中港合拍片洪流沖擊得奄奄一息，而二〇一九年的反修例運動，更給了港產片最長青的題材「警匪片」致命一擊。書中剖析曾吸引萬千影迷、英姿颯爽的警察形象，如何一步步分崩離析，最後走到書中〈英雄與匪警：港警的螢幕形象〉一章中結語：「不是創作，而是現實把香港警匪片在意識上的黑暗暴露出來，香港警匪片也就從此死亡」。

但「警匪片之死」並不代表「港產片已死」，二〇一九、二〇二〇年的香港電影，徹底破除了以往大製作大卡士、以境外市場導向、商業／特殊題材（黑社會、警匪片、緝毒片）等框架。鏡頭重新對焦在香港這片土地上，以人為本地述說著一個個香港故事，如《叔・叔》、《金都》、《幻愛》、《麥路人》等，也有保育本土傳統文化的紀錄片《戲棚》。

除了深入探討這些新港產片背後的社會脈絡及箇中人情味外，亦網羅台灣及中國、澳門、新加坡等地電影。台灣的題材多樣，從以白色恐怖解嚴時期為背景的《返校》，到描述個人與家庭明暗面的《陽光普照》。而中港合拍片《少年的你》因內容涉及少年們為自由不惜衝撞體制、法律，更曾一度無法上映。可見這一年多來，不論兩岸三地的電影，均不約而同地以探究自我價值、身分認同、自立自主之作回應時代，而港台相互的友好密切，亦反映《香》書首次請八名台灣影人合著〈陽光與苦悶：台灣電影〉篇章中。這些收錄在書中的電影在反修例運動前早已完成，更彰顯出真正具意義的創作作品，總是與時代脈動相互呼應，並別具前瞻性的。

## 給想重新認識香港人的你

以電影看時代後，我們是時候從大銀幕走回香港現場，記者譚蕙芸的《天愈黑，星愈亮：反修例運動的人和事》（下稱《天》）鉅細靡遺地記錄了從二〇一九年七月至二〇二〇年三月的採訪手記及人物訪問，只是這些專訪都不是名人雅士、達官貴人，而是出現在現場的人們：市民、店家、學生、警察、救護員、示威者等，不論身分、性別、年齡，都有可能成為譚蕙芸的採訪對象。也正因如此，這書可讓所有想直接了解在這場運動中「香港到底發生了什麼事？香港人又在想什麼？」的人，更貼近在黑幕降臨時，香港人

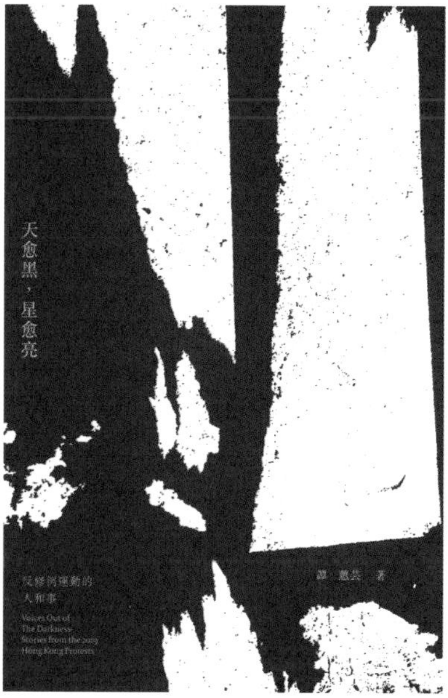


《天愈黑，星愈亮：反修例運動的人和事》；譚蕙芸。2020，突破出版社。

的所思所想。

六月百萬人遊行時，譚蕙芸其實並不在香港。本來她是可以「避過一劫」的，遠離催淚彈、汽油彈、各式彈藥、水炮車等，書中詳細記述她是如何一級級升格裝備，一步步更往前線走，身為記者的她只有一個理念：「我只寫我親眼看到的。」而要「親眼看到」，必須穿越戰地般、面目全非的香港。

譚蕙芸的文字細緻深刻，中立而真誠，在記述現場的所見所聞同時，譚蕙芸亦不忘反思自己記者身分的職責，箇中的取捨與爭扎，亦讓此書成為對新聞行業感興趣者的必讀之作。其中在〈山城與紅磚〉一章中，譚蕙芸的角色衝突被推到極致，作為香港中文大學畢業生、新聞系老師、記者等多重身分，她不諱言：「當我到達現場，看到警察和學生互罵及對峙的畫面，內心生起了很複雜的情緒。」但點到即止，接下來她仍是敬業地記錄警察與學生在中大校園裡的對峙及採訪雙方與旁觀者。

在記錄衝突現場時是記者，在其他時分譚蕙芸與學生同樣被圍困在中大裡，她以老師的身分走遍山城，露宿辦公室，安慰學生。直到遇上任教學生們，從聊天到相擁而泣，「我們抱作一團，哭得死去活來。」這是書中唯一一次譚蕙芸跳脫記者身分，書寫身為中文人的自己。也是在整本厚達五百多頁的書中，罕有寥寥數十字的真情流露，非關立場，而是人性。

天愈黑，星愈亮。譚蕙芸每件記述的小事，都是透過記者的高敏感度寫下對於人性的刻劃，有明有暗如星宿，以血肉之軀堅守現場，打破如面譜般不小心就會把人平面化、標籤與定型的新聞報導手法，記下這些有血有肉的香港人生命圖像。

## 給想當一天香港人的你

離開記者的抗爭現場，你可以想像香港人這一年多以來的生活嗎？作家韓麗珠以日記方式寫下《黑日》（下稱《黑》），讓讀者一日一日地體會那段黑暗漸漸吞噬太陽的日子。那不是網路新聞的不斷更新、網媒記者的隨時直播而已，韓麗珠以「我」為誌，寫一個香港人，當時的「日常」生活。

在那些日復日、疊疊加乘的衝擊中，韓麗珠以最簡樸的文字及極敏銳的洞察力，冷靜、清透地記下她身體五感所及的一切。在隨時有可能氾濫失控的情緒狂潮中，作家沒有逃避任何真實的感受，而是直面恐懼、靜觀茫然、容許無力。

日記從二〇一九年四月至十一月，韓麗珠以前的作品中有不少超現實的題材，如今卻親

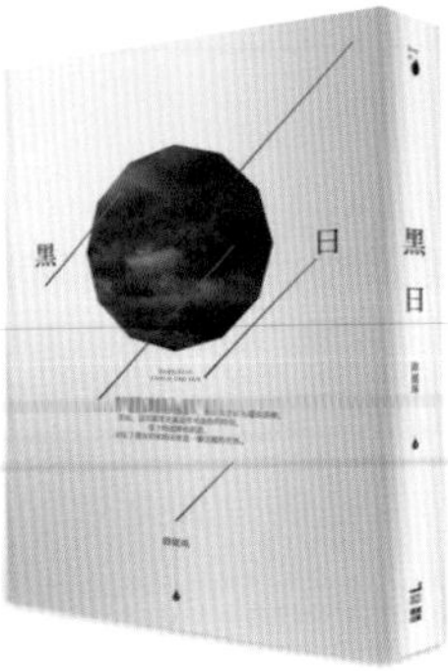

《黑日》；韓麗珠。2020，衛城出版。

眼見證香港的現實比小說更超現實，從四月提出修訂〈逃犯條例〉後香港如墮失重之地，韓麗珠與一眾香港人同在，共同經歷著各方面情勢急轉直下的香港，並精準地記下「此時此刻」的心理狀態：「無法若無其事，無法信任政府、公共機關和日常樞紐上的每一個環節。每天都要重新認識這個地方，調整過活的心思和方法。每天都要用一種新的心態，面對仇恨和欺凌，就像要在一個漆黑夜晚裡尋找光，在佈滿猛獸的森林裡找一個洞穴暫時躲藏。」

看似平靜的日記中，韓麗珠提出了力透紙背的詰問（「直至一個香港人也沒有，才會停止暴虐和搜捕嗎？」），與對癲狂者所作所為給出堅如磐石的回應：「人們唯一能保持正常的方式就是，記住每一個死者不尋常的死亡，以及，保持對每一種死亡的義怒，堅持追究殺人者，直至一切回復真正的正常。」

透過日記，讀者跟著作者生活，跟著「接近惡夢、經驗惡夢」，亦跟著她與白果（作者的貓）在亂世中練習生活，在生活中練習呼吸，在呼吸中練習生命。《黑》是一本香港人的日記，也是一本自觀自癒之書。

## 給比以前更鍾意香港的你

《我香港，我街道》；香港文學館編。2020，木馬文化。

寫二〇一九、二〇二〇的香港，反修例運動當然是關鍵，在時代的遍地磚瓦中，香港人的韌性與無懼，為香港從裡到外脫掉以數字堆積而成的金縷衣後，世界才第一次真正認識到為保護自由而生的香港，止式成為名副其實的國際都會。

香港從來都不止香港島的金融、夜景、蘭桂坊，或是九龍的古惑仔、茶餐廳、彌敦道，又或是新界的老婆餅、郊野公園、青山道。如果你真的「好撚鍾意香港」，香港文學館主編的《我香港，我街道》（下稱《我》）以文字為座標，超過五十名作者帶你走訪香港的大街小巷，穿梭現實與想像，遠比google map涵蓋更全面的香港地文誌。

《我》集合從二十歲至八十歲作家們的作品，來自不同時代、地域、背景的他們，也有一人分飾多角，身兼媒體、出版、教育等身分，以萬花筒般的視角書寫他們心中的香港，或為詩、或為小説、或為散文，獨立成篇，集各家之大成的創作力，篇篇高質（高水準）貼地（貼近生活），非常適合放在書桌當桌邊書，想念時，便翻閱一篇，重遊舊地。

筆者喜歡的其中一篇散文，是鄧小宇的〈馬頭圍道——我童年世界的全部〉，以輕巧筆觸細膩地懷緬老香港：「士多（柑仔店）賣的汽水，雜貨鋪的米和食油等都包送貨服務，而且可以賒數月結，也是一種街坊鄰里的人情味」、「除了賣中西藥的藥房，我家樓下還有一間山草藥小店，賣新鮮採摘草藥，有一段時期，全港學童忽然間興起養蠶蟲……

牠們吃的飼料桑葉就是在這類山草藥店買的」、「理髮店也有多間選擇，比現時的7-11、Circle K不遑多讓，有上海和廣東之分……」。

這樣的香港，可能不是遊客熟悉的香港，卻是幾代香港人的集體回憶。不管是不是香港人，只要你真心鍾意香港，《我》書勢必讓你仔細端詳香港——這個既親近又陌生的名字，從過往以天際線觀測這高樓聳立入雲的都市中，拉回到地平面，從那沒聽過的街道／故事，再度為這城市定位，重繪心目中的香港地圖。

也許，這樣的香港與「西洋菜南街行人專用區」，一樣「它已經被殺死了」。這些年來，香港的公共空間或公民權利，一再被殘害，令鄧小樺為其寫下〈輓歌——我的公共的菜街〉。文末，鄧小樺以「公共與歷史，如同沉在水中的明礬，等待我們去打撈——又或者唯有它們，才能打撈我們破碎的主體」，並以二〇一四與二〇一九相連的香煙氣味回憶作結。

## 結語

即使舊日已不在，現在已破碎，未來晦暗無明。這些香港時光卻仍在電影中流轉，在我們的回憶中流傳。破舊立新，從此就是新的故事，「香港」之名自這一代人再定義。黯黑中等待，會令人失去時間感與方向感，度秒如年，光何時到來？連「光復香港，時代革命」的口號都動輒得咎，只好簡稱為「光時」。「光時」是光在真空中一小時所能行走的距離，而光的行進極為快速，或許黎明會提早來到。

如韓麗珠在《黑》書尾聲所言，「如果在荒謬失常的狀況下，仍有希望的亮光，那是因為，這裡有愈來愈多的人，嘗試把仇恨提煉成另一種物質。如果以個人的力量，無法撼動冷硬的高牆，那麼，可以進行的反抗，至少包括盡量善待和珍惜身旁的每個人，就像劃一根火柴減少四周的黑暗那樣。」不必在黑暗中等待光，每個人都可以成為「光時」，成就榮光。

2020 香港主題書／年度選書（按出版序）

《黑日》。韓麗珠。衛城出版。2020 年 1 月。
《我香港，我街道》。香港文學館。木馬文化。2020 年 2 月。
《天愈黑，星愈亮：反修例運動的人和事》。譚蕙芸。突破出版社。2020 年 5 月。
《香港電影 2019：時代影像》。李展鵬編。香港電影評論學會。2020 年 8 月。

---

路佳。
一個香港人／台灣人，文字工作者／書店店主。以文字影像留下時空，發生過的會有人記得。願你我平凡而自由地活。

# 這世界很追逐，但你要很荒蕪

## ——浮光、春秋二〇二〇倖存報告

◎陳正菁

### 一場慢速的閱讀

二〇二〇是特別的一年。發生很多事，世界停擺，人類活動被迫暫停。所有人的時間感產生變化。想快，快不了。於是我們忍耐，忍耐著放慢。因為這麼慢，很多事物被放大了、被清楚看見。閱讀是理想的心智活動，表面上沒有作為，思想上抵達甚遠。

今年的書店選書，並未特別著重時代歷史和社會議題，泰半與文學相關。或許讀者要問，為什麼閱讀文學？在這樣疫情蔓延的年代，閱讀文學的價值是什麼？文學有用嗎？我無法回答。文學有其自身的生命系譜，所有的質問，只能回到文本內部，回到作者與讀者。

最慢速的閱讀即是閱讀文學。在文學裡，無法立即說出我們從中獲得了什麼。我們走入一個虛構或敍事的場景，進入陌生或似曾相識的故事，與現實生活有著或遠或近的關係。文學提供虛構的文本時間，敞開自身，建構成完美的文字宇宙。

因此我們閱讀文學。唯有閱讀文學，始可以確保意義的無效、過程的徒勞。二〇二〇年若你讀了任何一本文學書，最好是讀到最後仍不確知作者要傳達什麼的文學書，那麼你往荒蕪更靠近了一步。在最荒蕪的年代，我們用閱讀回應彼此的荒蕪；存在的荒蕪。

## 浮光讀者選書

在提出書店年度選書之前，或許讀者亦關心浮光這一年賣了哪些書，與其他連鎖銷售平台是否有巨大的歧異、抑或重疊。我想差異是必然的，毋庸贅言；重疊部分，則與國內多個書獎頒布獎項互有共鳴，證明好書不寂寞。在此公布浮光的年度銷售前二十名（不包含活動書在內之排名）。這份書單反映了浮光長年的選書立場，以及足以確認的、某個極小眾的「同溫讀者群」仍然隱形存在著，並且堅持到書店買書。某些作家，甚至默默地成為浮光的暢銷作家。

2020 浮光銷售排行（統計區間為 1/1~11/30）：

1. 滌這個不正常的人
2. 浮光
3. 如夢的一年
4. 幸福之路：哲學家羅素給現代人的幸福生活建言
5. 愛是來自地獄的狗
6. 我與貍奴不出門
7. 桑青與桃紅
8. 女神自助餐
9. 天橋上的魔術師
10. 尋琴者
11. 不工作：為什麼我們該停手
12. 正常人
13. 羅曼史作為頓悟
14. 小王子（台語版）
15. 筷：怪談競演奇物語
16. 單車失竊記
17. 黑日
18. 老派約會之必要
19. 伊薩卡島
20. 當你仍在這裡

若加上活動類書統計，浮光首本暢銷書將會是《再見楊德昌：典藏紀念版》。這本書適足以說明書店長時期的選書定位（浮光初成立時，第一個小型書展即是以楊德昌為主題）。其次，則是翁文嫻的《間距詩學》與蘇致亨的《毋甘願的電影史：曾經，台灣有個好萊塢》。

## 浮光、春秋／店長選書

二〇二〇年的書店選書，採不分類、不排名，沒有出版社偏好，只包含店長主觀的閱讀偏食。

《地糧．新糧》；紀德。麥田出版。
「這是一本關於遁逃、關於解脫的書。」紀德如此說。文學創作的開端，即是書寫自己；書寫自己所愛、所信仰，所掙扎、所折磨之種種。《地糧．新糧》做了最袒露的告解示範。

《寂靜》；唐．德里羅。寶瓶文化。
譯者暨作家賀景濱說，「小說家要做的事就是選對的字。」通篇讀畢，幾乎可以緩慢地拆解、甚至享受作者所選的每一個字詞。自省的美國小說家，對當代提出至深的疑問。會不會，最惡劣的戰爭只是一場漫長的失眠？

《淺談》；安．卡森。寶瓶文化。
詩的散文寫法。跨越歷史，與他方的創作者私密對話。既是文論，亦是詩。對創作文本的「再創作」，前所未有的文字趣味。詩人陳育虹的翻譯與譯序，寫得極好。

《我的山間初夏》；約翰．繆爾。臉譜出版。
自然書寫必須成為未來世代的首要閱讀文本。面臨朝向「人類世」的嚴峻時刻，昔日的自然經典顯得更加珍貴。僅僅是如實的觀察，已足以構成壯麗的文字風景。

《地球盡頭的盡頭》；強納森．法蘭岑。新經典。
面臨環境崩壞、氣溫失調的人類生存圖景，人自身所創造的「文明」更顯諷刺。法蘭岑從異國旅行經驗出發，反覆思索自然與人類共存的解方。知識份子亦難逃寫作的道德命運。

《如夢的一年》；佩蒂．史密斯。新經典。
「我們計畫自己的孤獨生活，不是在一起仍孤獨，而是各自孤獨，也不干擾別人的孤獨。」（佩蒂史密斯）何穎怡的翻譯不容錯過；遑論是何穎怡譯的佩蒂史密斯，無庸置疑是年度必讀。

《我們的搖滾樂》；熊一蘋。游擊文化。
作者用搖滾樂回顧了台灣戰後的文化生活，既反抗又親近。徹底十足的，年輕世代對於搖滾老靈魂的致敬。如果每本博論、碩論都可以寫成這樣，讀者絕對不會排斥。

《德語是一座原始森林：我的德國觀察筆記》；蔡慶樺。台灣商務印書館。

語言是理解一個國家的最好途徑。語言總是深藏著關於某個地域、文化裡不為人知的祕密，而這類祕密卻遠非工具性學習語言所能獲得。蔡慶樺寫出一本超出想像的文化辭典。哲學家傅柯說：「是的我會說德語，但只能以折磨的方式。」可謂恰當又幽默的註解。

《滌這個不正常的人》；廖瞇。遠流。
以家人作為近身觀察對象的院外臨床筆記；或也可以視之為以日常生活為養分的文學寫作。一旦書寫素材陷入是否為「田調」的道德檢測，創作者即面臨何者可寫以及何者不可寫的兩難。而我以為，創作的邊界始終等待先行者去勇敢跨越。

《尋常的社會設計》；鄭陸霖。雙囍出版。
有一類學科難以歸類，它大量發生在社會學、哲學、文化研究，甚至是人類學、藝術美學之間。尤其困難的是，尚且是由台灣學者參照在地的生活空間，與西方思想理論遠端對話。這本內容豐富的文集，試圖涵蓋的思考部件異常驚人。

《毋甘願的電影史：曾經，台灣有個好萊塢》；蘇致亨。春山文化。
豐富的台語電影史料披露，將影業歷史衍伸至時代文化史。不僅僅是大眾文化的田野研究，更觸及到深層的族群記憶。作者說故事的功力令人驚豔。

《守門員的焦慮》；彼得．漢德克。木馬文化。
七〇年代起，漢德克與德國導演溫德斯合作，締造多部影史經典，《守門員》即是其中之一。小說文本儼然向卡謬的《異鄉人》致敬，荒誕的言語與場景，徹底的存在主義之姿。

《決鬥寫真論》；中平卓馬、筱山紀信。臉譜出版。
異常精彩的攝影論述書，作者有著深度自省，對於媒材、形式、歷史的高度自覺。中平卓馬與筱山紀信之間屬於創作者的真實對話，之於一度記憶重創的作者，實屬珍貴難得。

《愛的不久時：南特／巴黎回憶錄》；張亦絢。木馬文化。
張亦絢是少數當代作家有文采並且運用自如的人，也就是，命定要寫作的人。閱讀這類文字，無論稱其為小說或者散文，都無妨，文字描述的場景在文字底下生長出來，兀自帶領讀者前往各自想前往之處。

《想想下北澤》；吉本芭娜娜。時報文化。
對吉本芭娜娜而言，下北澤就是一個充滿「生活感」的地方。在這裡她經歷戀愛、與情人分手、和朋友約會、帶小孩散步，她所描述的街道場景，填滿城市的晨昏日夜。事實上，每個人都該有這樣一個幸福處所，在心裡，以及在現實人生裡。

《內心活動：柯慈文學評論集》；柯慈。麥田出版。

文學教育應該在哪裡發生？文學系的教室？作家的書房？哪些人該認識柯慈、班雅明、惠特曼？文學研究距離一般大眾，到底有多遠？普通讀者需要深度理解其他作者的論述取徑嗎？或者，所有普通讀者其實都應該成為理想的文學評論人？

《在夢中》；大衛．林區、克莉絲汀娜．麥坎娜。商周出版。

等候許久終於問世的導演自傳，想必滿足了眾多大衛林區迷。厚重的精裝版本（唯一缺點），寫滿了林區在片場和幕後的私密紀錄，想要理解林區電影的發想和構成，這裡有最詳實袒露的創作素材。年度不可錯過的電影書。

《思想沒有家，永遠在路上》；李劼。允晨文化。

「讀書要讀到無書可讀，寫書要寫到無書可寫。」（李劼）銅鑼灣書店於台北開幕，林榮基首推李劼的《中國冷風景》。我則更喜歡作者的《思想沒有家，永遠在路上》，一本跨越文化、藝術、思想的書房筆記。

《黑日》；韓麗珠。衛城出版。

如果今年只能讀一本香港書，我建議讀《黑日》。這是對香港遭受之政治暗影最動人的文學書寫；香港的抑鬱，不僅只反映在街頭抗爭，同時苦悶地存在市井生活之中。韓麗珠的文字內斂而安靜。

《美國》；尚．布希亞。時報文化。

美國從來不只是美國。迪士尼、好萊塢、Walmart，寫滿視覺奇觀的人造樂園，才是美國的符號縮寫。記憶中的美國，是保羅奧斯特的紐約、瑞蒙卡佛的加州、溫德斯的美國。當你抵達巴黎，你抵達的是德州的巴黎；不必造訪比佛利山莊，但你一定看過銀幕上的比佛利山莊；在好萊塢電影裡，我們遇見一個比美國更美國的「美國」。布希亞的美國，接近荒原。

## 讀到地老天荒

今年沒有長篇大論，也沒有針對其他連鎖通路排行做出回應（除了文章標題對暢銷書做了調侃）。過度的忙碌讓我們整年都處在兵荒馬亂，即使遭遇人事異動、疫情衝擊，我們還是努力生存下來。甚至，堅持擴充了二店：春秋。一切都始料未及，五味雜陳。希望二〇二一，書店可以長得更健壯、活得更好。越是艱困的時候，越需要同類。謝謝親愛的讀者。謝謝你們，一直都在。

**浮光、春秋 2020 年度選書｜**

《地糧。新糧》。紀德；麥田出版。
《黑日》。韓麗珠；衛城出版。
《滌這個不正常的人》。廖昧。遠流。
《思想沒有家，永遠在路上》。李劼；允晨文化。
《毋甘願的電影史》。蘇致亨；春山出版。
《內心活動》。柯慈；麥田出版。
《愛的不久時》。張亦絢；木馬文化。
《想想下北澤》。吉本芭娜娜；時報出版。
《我們的搖滾樂》。熊一平；游擊文化。
《如夢的一年》。佩蒂．史密斯；新經典出版。
《決鬥寫真論》。中平卓馬、筱山紀信；臉譜。
《寂靜》。唐．德里羅；寶瓶文化。
《德語是一座原始森林》。蔡慶樺；商務出版。
《尋常的社會設計》。鄭陸霖；雙囍出版。
《在夢中》。大衛．林區；時報出版。
《美國》。布西亞。寶瓶文化。
《地球盡頭的盡頭》。法蘭岑；新經典出版。
《我的山間初夏》。約翰．繆爾；臉譜出版。
《守門員的焦慮》。彼得．漢德克；木馬文化。
《淺談》。安卡森；寶瓶文化。

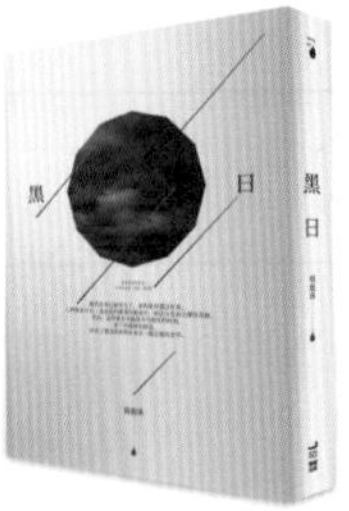

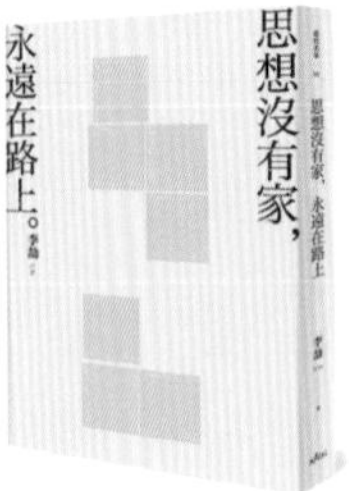

強納森·法蘭岑
地球盡頭的盡頭
THE END OF THE END OF THE EARTH
最新文集

德語是一座原始森林
Deutsch ist ein Urwald
我的德國觀察筆記

我們的搖滾樂
ROCK MUSIC

ONCE UPON A TIME IN
TAIWAN
蘇致亨

My First Summer in the Sierra
JOHN MUIR

尋常的社會設計
拿起工具，成為更完整的你！

如夢的一年
Patti Smith

內心活動

DIE ANGST DES TORMANNS BEIM ELFMETER
守門員的焦慮
PETER HANDKE

在夢中

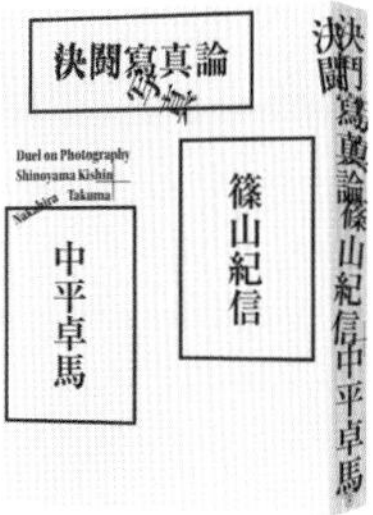
決鬪寫真論
Duel on Photography
篠山紀信
中平卓馬

愛的不久時

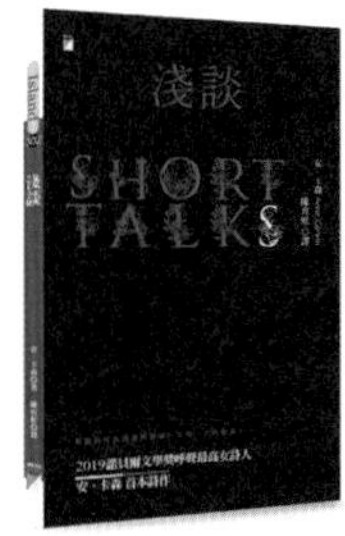
淺談
SHORT TALKS
2019諾貝爾文學獎呼聲最高女詩人
安·卡森 首本詩作

美國
Amérique
尚·布希亞

寂靜
唐·德里羅

想想下北澤
吉本芭娜娜

主編：陳正菁
助理編輯：顏尚勤
美術編輯：陳正菁
特約攝影：陳穎、張蓓珍、譚豫
友情攝影：許斌

策劃：浮光讀冊文化有限公司
台北市大同區赤峰街 47 巷 16 號 2 樓
02-25507288

出版：春秋創製編輯文化有限公司
台北市大同區赤峰街 41 巷 7 號
02-25591988

印刷：中山精緻印刷有限公司
初版：2021 年 2 月
定價：380 元

ISBN: 978-986-99805-0-0